대륙상술사

대륙상술사

초판 1쇄 인쇄 2016년 10월 07일
초판 1쇄 발행 2016년 10월 07일
지은이 이 상 길
펴낸이 손 형 국
펴낸곳 해피소드
출판등록 2013. 1. 16(제2013-000004호)
주소 153-786 서울시 금천구 가산디지털 1로 168,
  우림라이온스밸리 B동 B113, 114호
홈페이지 www.book.co.kr
전화번호 (02)2026-5777
팩스 (02)2026-5747

ISBN 978-89-98773-05-2 03810

대륙상술사

이상길 **지음**

행복한 이야기 **해피소드**
HAPPISODE™

목 차

프롤로그

상인이란 말 가운데 "상"은 마을 이름이었다. 지금의 중국 허난 성 상구시에 해당하며 마을을 세운 "계"라는 이는 하 왕조 우왕의 치수공사에 공을 세운 탓에 그 땅을 받았다고 한다. 계의 십대째 후손인 왕해는 방목을 생업으로 했으나 장사에도 수완이 있었다. 사육하던 소를 밭농사에 이용하는 한편, 달구지를 끌게 하면서 황허 일대에서 물건을 사고팔았다. 그러나 장사를 하다가 화를 당해 죽었는데 친족들은 삼백 마리 가축을 죽여 장례를 치렀다고 전해진다. 왕해 생전의 재력이 어떠했는지 확인할 수 있는 일화이다.

기원전 십육 세기, 왕해의 사대손인 탕이 군사를 일으켜 하나라를 멸하고 박(산동성조현의 남쪽)이라는 곳에 도읍을 정하고 상 왕조를 세웠다. 그 뒤 몇 번의 천도를 거쳐 마지막으로 은(허난 성 안양 소둔춘)에 이르렀다. 그래서 상 왕조를 은 왕조라고 부르기도 하였다. 영화를 누리던 은이 멸망하고 주나라가 뒤를 이었다. 주나라를 다스리던 주공 단은 은의 유민들에게 장사를 하도록 권유하였다. 이때부터 장사하는 사람들을 상나라 사람, 곧

"상인"이라고 불렀다.

　때는 세월이 흘러 명나라의 국운이 다하여 청나라로 교차되어
가는 혼란스러운 시기에 상계 또한 대륙을 통일하기 위해 두 거
대 상인세력이 치열한 암투로 인해 더욱더 파국으로 향해 치달아
갔다. 두 거대 상인세력은 바로 천성과 대륙신안동맹으로, 하지만
언제나 천성이 그 우위를 차지하며 앞서 나갔다. 그 이유는 대륙
신안동맹이 천성보다 뒤늦게 등장한 것도 있겠지만, 천성은 오래
전부터 조정과 결탁하여 수많은 이익이 생길 수 있는 사업을 독
차지, 그 어느 상방보다 빨리 성장할 수 있었다. 그러나 명·청의
교체와 대륙신안동맹의 뼈를 깎는 부단한 노력으로 두 상인세력
이 산시 성을 경계로 양분하는 상황이 되자 이에 위기의식을 느
긴 천성은 곧바로 비상대책회의를 소집하게 되고 대륙신안동맹
또한 그에 대응할 준비를 서두르는 등 정국은 점점 알 수 없는
미궁 속으로 빠져들고 있었다.

만여 그루는 족히 될 청송들이 아름답게 펼쳐져 있는 곳에 장원이 세워져 있었다. 그곳은 본래 세워질 때부터 청송들이 있었지만, 장원이 완성될 때쯤에야 지금의 모습을 갖추게 된 것이다. 그러자 세인들이 그 연유를 알아내기 위해 백방으로 노력하였으나 모두 수포로 돌아갔다. 어찌 된 일인지 도무지 그 청송 안으로 들어갈 수가 없었다. 그리고 세월이 흘러가자 언제 그랬냐는 듯 세인들의 기억 속에서 점점 잊혀 갔다.

한 백의인이 그 의문의 청송림에 모습을 드러냈다. 구레나룻이 길게 난 듬직해 보이는 백의인은 마치 세인들을 비웃기라도 하듯 아무 거침없이 청송림 안으로 들어서는 것이었다. 그는 일각이 흐른 후에야 장원에 다다를 수 있었다. 이어 수문위사를 지나쳐 중앙에 있는 커다란 전각으로 걸음을 옮겼다. 날아갈 듯한 필체로 [천공전] 이라고 쓰인 현판을 지나 안으로 들어간 백의인은 긴 대청을 지나고서야 태사의 앞에 부복했다.

"찾으셨습니까? 가주님!"

그 말에 태사의에 앉아있던 중년인은 다정한 눈길로 그를 맞았다.

"어서 오게! 그렇지 않아도 왜 이리 늦나 하고 걱정하고 있었네."

"그러셨다니 송구할 따름입니다."

그러면서 고개를 들어 가주인 천인성을 바라보았다.

오 년 전 갑작스럽게 전 가주가 은퇴를 하는 바람에 아직 준비를 다하지 못한 상태에서 가주의 자리에 오른 천인성은 그러나 예전부터 냉철한 통찰력과 뛰어난 상황판단으로 지금까지 천성을 잘 이끌어 오다 몇 년 전부터 가장 많은 이익을 내고 있는 황궁에서 예상치 못한 일로 인해 난관에 부딪히고 있었다. 더욱이 대립관계인 대륙신안동맹이 무척 빠른 속도로 성장, 거의 대등해지는 상황까지 이르는 등 천성사상 처음으로 가주의 자리가 상당히 위협받고 있는 처지에 놓이게 되었다. 천인성은 백의인을 직시하며 말했다.

"총관! 현재 오대봉공의 동태는 어떠하오?"

총관 오독충!

선대로부터 총관을 맡아온 그는 천성의 대소사를 관리하는 자로서 또한 전략가로서 가주인 천인성으로부터 절대적인 신임을 받고 있는 인물이었다.

"아주 좋지 않습니다! 오대봉공중의 하나이신 태극문의 문주께서 이번 일을 계기로 가주를 바꾸어야 한다고 공공연히 말하고 다닌다 합니다. 그런데 더 문제인 건 나머지 봉공들 또한 이에 동조하고 있다는 것입니다."

"허허…. 태극문주께서 정녕 그렇게 하시고 있단 이 말이오? 이거 안 되겠군."

순간 전신을 압박하는 엄청난 기세가 뿜어져 나왔다. 총관은 그 모습에 잠시 몸을 떨었으나 이내 평상심을 되찾았다.

"이제 어떻게 하실 생각이십니까?"

"내가 그들을 어떻게 할 것 같나?"

"그야 그에 맞는 대가를 치러야 하지 않겠습니까?"

그 말에 천인성은 고개를 끄덕였다.

"맞네! 내게 도전한다는 것이 얼마나 어리석은 것인지 뼈저리게 느끼게 해줘야겠지. 아니 그러한가?"

"그렇습니다. 가주님! 헌데…"

총관이 말을 흐리자 천인성은 의아한 듯 물었다.

"헌데 뭔가?"

"요새 통 잠마멸대의 대주가 보이지가 않습니다. 어찌 된 일인지?"

"아. 그거 말인가! 내가 어디 좀 급히 보냈네."

"어디를?"

"서안!"

가주의 대답에 총관은 잠시 생각에 잠겼다. 그러다 곧 뭔가를 깨달은 듯 탄성을 내었다.

"서안이라 하면 대야께서 계시는…"

"그렇네. 그곳으로 보냈네! 이번 천성대전에 반드시 참석해 주셨으면 한다고 말일세. 자네도 알지 않는가? 천성에 몸을 담고 있는 인물 중에 대야를 존경하지 않는 인물이 어디에 있는가?"

"하긴 그렇군요. 그 누가 대야의 명을 거역하겠습니까? 정말 잘하셨습니다."

바로 그때 천인성의 귀로 전음성이 들려왔다.

"가주님! 잠마 3호이옵니다."

"무슨 일인가?"

"대야께서 막 도착해 내빈전에 들고 있다 하옵니다."

"그래? 알겠다! 넌 미리 가 곧 간다고 전하거라."

"네! 가주님."

이어 천인성은 총관을 바라보았다.

"드디어 대야께서 도착해 내빈전에 들고 계신다는 전갈이 왔네. 그래서 지금 거기로 가야 하는데 총관도 같이 가겠는가?"

"아닙니다! 전 내일 있을 천성대전 준비 때문에…. 대야를 뵙는 일은 다음으로 미루어야겠습니다."

"그런가? 허면 어쩔 수 없는 일이고. 그럼 먼저 가 보겠네!"

"그러십시오!"

이어 천인성은 자리에서 일어나 내빈전으로 발걸음을 옮겼다.

"삼가 대야를 뵙습니다!"

그러면서 천인성은 천천히 내빈전에 들어서고 있었다. 안에서는 백의 노인이 탁자에 앉아 차를 마시며 그림을 감상하고 있었다. 그 그림은 묵포도도(墨葡萄圖)로써 명 말의 서위의 작품으로 인생을 불운과 좌절로 서위는 삶의 부당함에 대한 분노와 박복함에 대한 비애를 다룬 것이 그림의 태반이었다. 묵포도도의 화제는 그림보다 더 시적이고 철리적이다.

"반평생을 헛되이 보내고 이제 이렇게 노인이 되어 / 밤바람이 윙윙거리는데 나 홀로 서재에 서 있다 / 내 붓에서 나온 진주는 팔 곳이 없으니 / 덩굴 사이에나 흩뿌려 볼까?".

또한 황갑도의 화제를 보면,

"벼 익은 강촌의 게들은 살찌고 도끼날 같은 집게발로 진흙 속을 파고 든다/ 한 마리를 종이 위에 뒤집어 놓아 보면/ 바로 앞에 동탁의 배꼽을 볼 것이다."

탐욕스런 동한의 권신 동탁을 오만한 게에 비교하면서, 백성의 고혈을 쥐어짜 자기의 배를 불리는 탐관오리를 비난하였다. 명 전반기를 휩쓴 오파의 아카데믹한 화풍과 정반대의 길을 간 사람들이 명 후기 이후 나타나기 시작했는데 이들의 시조가 된 사람이 바로 명 말의 서위(徐渭)이다. 이들은, [중국의 표현주의자들]이란 별호답게 전통적 방법을 깨고 독특한 방법으로 일가를 이룬

작가들이다. 이들(명말청초 4승)의 등장은 곧이어 양주화파를 낳게 했고, 양주화파의 화풍은 허곡이나 오창석 등으로 계승되어 근대화의 초석을 닦았으며, 마침내 제백석이나 이가염등의 현대 화가에 결정적인 영향을 끼쳤다.

　순간 백의 노인은 고개를 돌려 천인성을 바라보았다.
　"이게 누구신가? 가주가 아니시오?"
　"네! 대야"
　이어 천인성은 백의 노인과 탁자를 사이에 두고 마주 앉았다.
　"이 먼 곳까지 오시느라 얼마나 노고가 크셨습니까?"
　"뭔 노고라고 할 것까지야 있겠는가? 다 천성을 위한 일이거늘"
　"그렇습니다. 천성을 위한 일이라면 무슨 일을 못 하겠습니까?"
　그렇다. 천인성은 그런 인간이었다. 향기 그윽한 술, 혀를 녹이는 맛있는 요리, 심금을 울려주는 명곡. 이 모두를 천인성은 좋아했으며 즐겼고 사랑했다. 그러나 엄밀히 말하자면 그에게 있어 그것들은 한낱 오락에 불과했다. 최고의 게임은 그게 아니었다. 오직 천성의 운명을 걸고서 진행되는 정략과 전략이 가져다주는 흥분은 술이나 요리에 비교할 바가 아니었다. 권모술수도 세련되면 예술에 버금간다고 천인성은 생각하고 있었다. 백의 노인은 힘으로 공갈하는 따위는 유치하기 짝이 없는 행위라고 그가 입버릇처럼 뇌어 왔었다는 것을 상기하며 고개를 끄덕였다. 이어 백의 노인은 천인성에게 차를 들 것을 권했고, 두 사람은 잠시 침묵 속에 차를 마셨다.

"그건 그렇고 우리가 이렇게 다시 만난 것이 한 2년 만이던가?"

그 말에 천인성은 미소 지으며 말했다.

"정확히는 3년만입니다. 지난 반생연 이후 대야를 처음 뵙는 것이니!"

"그런가? 벌써 3년이나 지났다니…. 정말 세월 한번 빠르네 그려!"

"그래서 인생이란 아침이슬처럼 덧없는 것이라 하지 않았습니까?"

"맞네! 우리가 살면 얼마나 더 살겠는가? 채근담에 이르기를 '마음이 어둡고 산란할 때엔 가다듬을 줄 알아야 하고, 마음이 긴장하고 딱딱할 땐 놓아 버릴 줄 알아야 한다. 그렇지 못하면 어두운 마음을 고칠지라도 흔들리는 마음이 다시 병들기 쉽다' 하였네. 또한 회남자가 말하기를 '해나 달이 밝게 비추고자 해도 뜬구름이 가리고, 강물이 맑아지고자 해도 흙이나 모래가 더럽히듯 사람도 본성대로 허무평평 하고자 해도 욕심 때문에 방해를 받는다' 했네. 내가 보기에 지금 가주가 처한 상황이 이에 비롯됐다고 생각되네."

"…………."

백의 노인이 차 한 모금으로 입술을 축인 다음에 다시 말했다.

"더욱이 내일 열리는 천성대전이 오대봉공들에 의해 개최되었다고 들었네!"

천인성이 무거운 표정으로 고개를 끄덕였다.

"그렇습니다!"

"오대봉공들이 천성을 위해 피땀을 흘렸다는 것을 나 또한 잘 알고 있네…. 허나 그렇다고 가주의 자리를 넘본다는 건 대의에 어긋나는 행동이네. 내 말 알아듣겠나?"

"네! 잘 알아들었습니다"

"이 일 때문에 참석하라고 한 것인가?"

"그렇습니다!"

"허헛…. 내게 무슨 힘이 있다고."

"절대 그렇지 않습니다. 대야께선 패천령을 가지고 계시지 않습니까?"

백의 노인이 약간 멈칫하였다가 말했다.

"아니 어떻게… 그보다 언제 알았나?"

"꽤 됐습니다."

"허허헛"

백의 노인이 너털웃음을 지었다. 그 웃음은 묘하게도 분위기를 더욱 친근감 있게 하였다.

"좋네. 이미 패천령을 알고 있다 하니 더 말하지 않겠네만 이 한 가지는 명심하게!"

"말씀하십시오!"

"가주도 알고 있겠지만 지금 이 사태를 초래하게 된 이유가 오대봉공들이 너무 많은 힘을 갖고 있기 때문이네! 그러니 천성대전을 잘 마무리한 후 그들의 권한을 대폭 축소하게!"

"염려 마십시오! 이미 그에 대한 절차를 마련해 놓았습니다."

"역시 철두철미한 성격이 마음에 드네. 그럼 가주만 믿겠네!"

"네! 믿으십시오. 절대로 대야를 실망시키는 일은 더는 없을 것입니다."

천인성의 확고부동한 말에 백의 노인은 고개를 끄덕였다.

"이제 좀 쉬어야 할 것 같네."

"아! 그러십시오!

천인성이 그 말과 함께 자리에서 일어났다.

"내일 천명전에서 뵙도록 하지요. 그동안 편히 쉬십시오!"

"알겠네!"

이후 천인성은 백의 노인에게 예를 표한 후 내빈전을 빠져 나갔다.

그리고 다음 날 운명의 천성대전이 긴장감이 감도는 속에서 개최되었다.

- 제 1장

　"그럼 제13회 천성대전을 시작하도록 하겠습니다!"
　진행을 맡은 총관 오극충의 말에 이어서 제3/4분기까지 천성의 실적과 앞으로의 향방에 대한 보고가 계속되었다. 현재 천명전 안에는 가주인 천인성과 대야, 총관을 제외하고 다섯 명의 남녀, 즉 오대봉공이 상석에 자리하고 있었고 그 뒤로 한 이십여 명의 인물이 질서정연하게 자리에 앉아 총관의 보고를 경청하고 있었다.
　"그럼 궁금한 점이나 기타 의견이 있으면 말씀해 주십시오!"
　그러자 마치 이 순간을 기다려 왔다는 듯한 인물이 자리에서 일어섰다. 사십 대 중반의 나이로 보였는데 무표정한 얼굴에 눈매가 가늘었다. 그리고 고집스러우면서도 매우 심기가 깊은 인물로 보였다. 천인성은 그가 일어나자 이제 올 것이 왔구나 하는 예감이 들어 더욱 긴장을 늦추지 않았다.
　"본인은 태극문의 문주 관중민이오! 오늘 여기서 확실히 짚고 넘어가야 할 일이 있어 이렇게 일어나게 되었소이다."
　그리고는 고개를 돌려 총관을 바라보았다.

"아까 보고에서 현재 천성이 보유하고 있는, 즉 여유자금이 오천만 냥이라고 하였는데 우리가 알아본 바로는 거기의 2/3에 해당하는 삼천만 냥이더군. 총관은 이걸 어떻게 설명하겠소?"

천인성은 미묘하게 웃음을 짓고 있는 관중민을 보고 있자니 속이 더 안 좋아지는 것 같았다. 그러나 총관은 이미 그렇게 나올 것이라 짐작하였는지 망설임 없이 대답했다.

"맞습니다. 아마 삼천만 냥이 정확할 것입니다."

그 말에 관중민은 미간을 찌푸리며 말했다.

"총관! 처음엔 오천만 냥이라고 했다가 지금은 또 삼천만 냥일 것이라니…. 지금 나를 놀리는 것인가?"

"그럴 리가 있겠습니까? 대천성의 오대봉공의 한 분이신 태극문의 문주님께 제가 어찌!"

"그럼 방금 한 말은 도대체 뭐란 말이오?"

"이제야 설명해 드리지만 나머지 이천만 냥은 정치자금으로 사용됐습니다!"

"정… 정치자금이라 하였소?"

"네!"

총관의 말에 관중민은 의문이 들지 않을 수 없었다.

"아니 어찌 그 천문학적인 돈이 들어가는 일을 우리 모르게 하였단 말이오?"

"그건 피치 못할 사정이 있었습니다! 대륙신안동맹이 황궁의 그분한테 비밀리에 접촉을 시도하려 한다는 보고를 받자마자 그것을 막으려 하다 보니 정치자금이 더 필요하시다는 말에 급하게 사용할 수밖에 없었던 저희들의 입장도 이해해 주시기 바랍니다."

총관의 해명에 어느 정도 효과를 나타냈는지 잠시 질문을 멎고 오대봉공들은 자기들끼리 무언가 수군거리고 있었다. 결국 이 문제는 이정도로 끝내기로 한 모양인지 관중민은 헛기침을 한번 내뿜더니 다시 입을 열었다.

"그럼 그 문제는 여기서 일단락 짓기로 하고 다음으로 넘어가겠소! 우리 천성은 오래전부터 중원상계의 육 할을 차지하고 있었소이다. 허나 현 가주가 취임한 이래 우리 구주전장에서 발행하고 있는 전표의 신인도가 점점 하락하더니 급기야 사 할로 떨어지는 사태가 발생하게 되었소. 지금 남방이 삼 할로 이젠 코앞에까지 올라온 실정이오. 황궁의 일도 그렇고 지금의 일도 그렇고, 이 모든 게 가주의 무능력함에서 나온 결과요. 그래서 우리 오대봉공은 깊은 숙의 끝에 현 가주를 불신임하기로 결정하였음을 통보하는 바이오!"

관중민의 말이 이어질수록 천명전 안의 긴장감은 더욱 고조되었고 천인성과 총관의 얼굴은 빳빳하게 굳어 붉게 상기 되었다. 오직 대야만이 조용히 눈을 감고 있을 뿐이었다.

충격!

관중민의 가히 폭탄선언에 천명전안은 일순간 여기저기서 경악성이 터져 나왔다. 그리고 아직 그 충격에서 헤어 나오지 못하고 있는 가운데 그래도 제일 먼저 정신을 차린 건 역시 총관이었다.

"방금 가주님을 불신임한다 하셨습니까?"

"그렇네!"

그 말에 총관은 의혹 섞인 눈빛으로 관중민을 직시했다.

"그게 가능하다고 보십니까?"

"홋홋… 불가능하다고 생각하나? 허나 총관도 주지하다시피 우리 오대봉공의 가지고 있는 천성의 지분은 3할 4푼, 거기다 암중으로 우리의 뜻에 동조한 표국과 전장의 지분까지 더하면 3할 6푼에 이르게 되지. 헌데 가주의 지분과 자네의 지분을 다 합쳐봐야 3할 2푼일 터, 결코 그걸 로는 우리를 막을 수 없다는 것을 누구보다 잘 알고 있을 텐 테 아닌가?"

총관은 관중민의 말에 인정하기 싫었으나 틀림없는 사실이었기에 어떤 말도 할 수 없었다.

"그럼 그때 보지. 총관은 어서 빨리 진행하도록 하게!"

그렇게 말하며 관중민은 자리에 앉았다. 총관은 오대봉공이 이 천성대전을 위해 치밀하게 준비해 왔다는 것을 절실히 실감하며 어쩔 수 없이 계속 진행을 하였다.

"혹 다른 의견 있으신 분 계십니까?"

그러자 중간에 앉아있던 한 인물이 손을 들었다.

"먼저 성명을 밝히시고 말씀해 주십시오!"

"저는 북풍표국의 국주를 맡고 있는 철군악이라 합니다. 제가 말씀드리고자 하는 것은 아까 오대봉공들께서 결의해 공포하신 가주 불신임 건에 대해서입니다. 전 이 건이 결코 통과돼서는 안 된다고 생각하고 있습니다. 오대봉공들께서 말씀하셨다시피 현 천성은 대내외적으로 많은 위기를 맞고 있는 실정입니다. 이 상황을 잘 타개해 나가도 시급한 판국에 만약 가주를 불신임하여 바꾼다면 그게 오히려 더 큰 화를 초래할 뿐이라는 것을 여러분께서도 잘 아시리라 믿습니다. 저는 아주 오래전에 가주님한테 많은 은혜를 입었고 아직도 절대적으로 신임하고 있습니다. 그래서 제가 가지고 있는 2푼의 지분을 가주님에게 양도하는 바입니다. 이상입니다."

철군악은 가주인 천인성에게 가볍게 묵례를 한 후 자리에 앉았다. 총관은 철군악의 말이 맺기가 무섭게 빨리 머리를 회전시켰다. 지금 가지고 있는 지분 3할 2푼에다 철군악의 지분까지 합하면 3할 4푼. 그러나 아직 오대봉공의 가지고 있는 3할 6푼에 2푼이 모자라게 된다. 까닥 잘못하면 가주 불신임 건이 통과되는 초유의 사태가 발생할지 모른다는 생각에 총관은 문득 고개를 돌려 천인성을 바라보았다. 가주는 그제서야 슬며시 미소를 지었으나 그렇지만 썩 만족스럽다거나 유쾌해 보이는 미소는 아니었다. 이후 여러 가지 절차를 밟고 나자 드디어 가주 불신임 건에 대한 향방이 결정할 때가 됐다. 총관은 짧게 심호흡을 하고 나서 천명전 안을 둘러보았다.

"그럼 이제 오대봉공들께서 발의한 가주불신임건에 대한 가부를 결정하도록 하겠습니다. 현재 오대봉공들께서 보유하고 있는 지분은 3할 6푼, 가주께서 보유하고 있는 지분은 3할 4푼입니다. 여기에 이의가 있으신 분 계십니까?"

총관은 마지막으로 희망을 걸어 물었지만 더 이상의 이의가 없는지 조개처럼 입을 꾸욱 다물고 괜히 애꿎은 서류만 뒤적거리는 것이었다.

"흠! 더 없습니까? 그럼 이것으로 가주 불신임 건은 통과…"

"잠깐…"

총관은 비통한 표정으로 '가주 불신임 건은 통과됐습니다'라고 말하려는 순간 갑자기 들려온 목소리에 황급히 고개를 돌렸다. 그러자 대야가 자리에서 일어서 있는 것이 보였다. 그리고 한 손에는 패 같은 것이 들려 있었다.

"아니 대야! 무슨 일이신지?"

"이게 앞으로도 영원히 사용되지 않기를 바랐건만 상황이 이러하니 어쩔 수 없군!"

그리고는 대야는 패를 앞으로 내밀었다.

"이 패가 무엇인지 아시오? 아마 그 누구도 모를 것이오? 이 패는 오직 가주만이 소유할 수 있는 패천령이라 하오! 우리 천성이 만들어질 때 가장 일등공신이라 할 수 있는 한 가문이 있었소. 허나 그 가문은 세상에 모습을 드러내는 것을 꺼려해 지금까지 알려지지 않았던 것이오. 그 가문은 사라지면서 천성의 지분 4푼을 양도한다는 의미로 이 패천령을 당시 가주이셨던 종리돈님에게 바쳤소이다. 이제 나는 이 패천령을 가주께 넘기고자 하오!"

대야는 천인성에게 몸을 돌렸다.

"가주는 어서 받으시오!"

천인성은 담담하게 자리에서 일어나 대야에게 패천령을 건네받았다. 이렇게 해서 지분 4푼을 보탠 가주의 지분은 3할 8푼, 오대봉공들의 지분은 3할 4푼으로 순식간에 상황은 역전되었다. 총관은 일이 뜻대로 되자 더 머뭇거릴 필요 없다는 듯 거침없이 말을 이었다.

"이로써 가주님의 지분은 3할 8푼, 오대봉공의 지분은 3할 6푼으로 가주 불신임 건은 부결되었음을 알립니다."

그리고 나서 총관은 단상에서 내려오며 말했다.

"그럼 다음으로 가주님의 말씀이 있겠습니다!"

그 말에 천인성은 천천히 단상으로 향했다.

"안녕하십니까. 천성의 가주를 맡고 있는 천인성이옵니다. 방금 전에 있었던 불미스러운 일은 저의 부덕한 소치에서 비롯된 결과로 받아들여 이를 계기로 더욱 천성을 위해 최선을 다할 것입니다."

이어 앞으로 있을 자신의 당찬 결심을 밝혔다.

"우리 천성은 현 시점에서 앞으로의 사업방향을 목재산업, 운수산업, 그리고 표국산업으로 완전히 전환함과 동시에 천성의 중점 전략사업으로 육성해 나갈 것입니다. 따라서 이번 기회에 부실하게 운영해 온 모든 표국과 전장들은 앞으로 과감한 재정비와 통폐합을 통해서 새로운 모습으로 다시 태어나게 될 것입니다. 그리고 그동안 소극적이었던 금융업 진출도 보다 적극적으로 추진할 것입니다."

천인성은 그렇게 기염을 토했고 참석자들은 기침소리 하나 없이 그의 다음 말을 기다렸다.

"나는 물론 여러분들도 함께 직시해야 할 문제는 우리가 결코 현상에 만족하거나 또 안주해서는 안 된다는 것입니다. 우리에게는 미래에 남방을 포함하여 많은 상방들은 물론 한치 앞도 내다볼 수 없는 황궁의 일이 어떻게 변하게 될지를 멀리 내다볼 줄 아는 혜안이 필요합니다. 오대봉공들께서 지적했다시피 지금 남방은 우리를 위협하는 단계에 까지 올라 왔습니다. 그들이 어떤 일을 벌일지 모르니 우리는 반드시 지금 , 늦어도 지금 생각하고 대비해야만 합니다."

천인성은 '지금'이라는 말을 유독 강조하였다.

"우리 천성이 남보다 먼저 뛰기 시작했다는 사실은 정말 자랑스러운 일입니다. 우리의 성공은 행운과 노력이 합쳐진 결과였습니다. 그런데 우리들의 뒤에는 많은 상방들이 뒤쫓아 오고 있습니다. 우리들이 뛰기 시작했던 그때처럼 말입니다. 이제 우리는 변혁을 추구해야만 합니다. 이제 이만치 성장을 이룩한 우리에게 적합하지 않은 사업들에 대해서는 미련을 버려야만 할 것입니다. 비록 그러한 산업들이 아니었다면 오늘의 천성이 없었다 할지라도 과감하게 보다 경쟁력을 가진 산업에 넘겨주어야만 할 것입니다. 그 대신에 우리는 보다 부가가치가 높고 고도의 기술수준을 요구하는 산업에 집중적으로 투자 경쟁력을 재고해 나가고 새로운 발전을 모색해야만 합니다. 그렇게 하지 않는다면 이미 거대해진 우리 천성은 경쟁력을 잃게 되어 살아남지 못할 것입니다. 따라서 우리는 과거를 가능한 한 빨리 버리고 미래 지향적으로 달려가지 않으면 안 되게 된 것입니다. 바로 지금 말입니다."

천인성은 거기서 일단 말을 끊었다. 그리고 단호한 눈초리로 참석자들을 둘러봤다.

"그리고 이 일을 하기 위해서는 최우선적으로 여러분들이 저를 믿고 도와주셔야만 합니다! 5년입니다. 앞으로 5년 안에 천성이 옛 성세를 되찾지 못한다면 전 미련 없이 이 가주의 자리에서 물러나겠습니다. 허나 여러분들이 저를 전폭적으로 도와준다는 조건 하에서임을 명심해 주시기 바랍니다."

그리고는 천천히 단상에서 내려왔다. 총관이 앞으로 나가 천성대전 폐회를 선언했다.

"그럼 이로써 이번 제13회 천성대전을 마치도록 하겠습니다. 좋은 의견 내어주신 분께 감사합니다."

이로써 가까스레 가주의 승리로 막은 내렸지만 천성의 앞날이 그다지 순탄치 않음을 예고하는 것 같아 참석자들은 굳은 표정을 한 채 천명전을 빠져나갔다.

새벽은 하루가 시작되는 아주 중요한 시간이다. 여명이 밝아오고 태양이 떠오르기 위하여 꿈틀거리면 만물은 기지개를 켜고 하루를 시작하기 위하여 깨어나게 된다. 사람도 마찬가지로 잘 때가 있으면 깨어나야 할 때가 있다. 깨어날 때가 되었는데도 깨어나지 않고 계속 자리에 누워있으면 벌써 하루를 실패하게 되고, 그만큼 하루가 늦어지게 된다. 천룡각주는 묘시(卯時)가 되면 어김없이 자리에서 일어나 따뜻한 차와 명상으로 하루를 시작한다. 찬 공기를 폐부 깊이 빨아들일 때 살아 있다는 느낌이 생생해지고, 팔다리에 힘이 솟는다.

"역시 여기에 계셨군요."

갑자기 들려온 목소리에 뒤를 돌아보니 손책이 환하게 웃으며 다가오는 것이었다. 언제나 느끼는 것이지만 그의 미소는 사람의 마음을 편안하게 해주는 묘한 마력이 있었다.

"기상시간이 점점 빨라지는군."

"이게 다 각주님 때문입니다. 밤늦게까지 회의를 함에도 불구하고 매일 이렇게 일찍 일어나시니 어떻게 제가 천하태평하게 잠을 잘 수 있단 말입니까!"

"아무튼 일찍 일어난다는 것 자체는 좋은 것이네. 특히 자네같이 머리를 많이 쓰는 사람일수록 더더욱 건강에 유의하면서 체력을 다져야 할 것이야. 내 말 알겠나?"

"네. 명심하겠습니다."

느릿히 떠오르는 태양을 조용히 응시하던 천룡각주는 고개를 돌리며 말했다.

"그건 그렇고 오늘이 무슨 날인지 아는가?"

"그야 이를 말입니까? 드디어 협상 마지막 날이 아닙니까?"

"얼마 전 자네의 계책을 들은 후 오늘이 오기만을 얼마나 기다렸는지 아는가? 지금도 그 생각만 하면 흥분이 가시지 않는다네."

"각주님도 아시겠지만 재정전주는 절대 만만히 볼 상대가 아닙니다. 또 어떤 비책을 들고 나올지 알 수 없으니 결코 긴장의 끈을 놓아서는 아니 될 것입니다."

"나도 잘 알고 있으니 너무 염려 말게!"

구름 사이로 여명이 밝아오자 천룡각주는 손책을 바라보며 말했다.

"어느덧 진시가 다 되어 가는군. 아침식사가 나올 때가 된 것 같으니 이만 안으로 들어가세"

"네!"

"무슨 좋은 일이 있으신가 봅니다."

천룡각주와 손책이 막 협상장으로 들어가려고 할 때였다. 문득 뒤쪽에서 낭랑한 음성이 들렸다. 고개를 돌려보니 재정전주와 천밀각주가 계단을 통해 올라오더니 천천히 다가오는 것이었다. 이

옥고 천룡각주 앞에 이르자 재정전주는 미소 지으며 말했다.

"며칠 못 본 사이에 신수가 훤해 보이십니다. 무슨 좋은 일인지 저도 알면 안 되겠습니까?"

"그건 좀 곤란합니다."

"네! 저희 상방의 기밀사항이라 말씀드리지 못하는 걸 양해해 주십시오."

"그렇다면야 어쩔 수 없군요. 그럼 이만 안으로 들어가시지요."

"네"

고개를 끄덕이고 몸을 돌려 안으로 들어가는 천룡각주를 재정전주는 차가운 눈빛으로 바라보았다.

잠시 후 회의실 탁자를 사이에 두고 나란히 마주 앉았다. 천룡각주는 새로운 협상을 숙고하면서 미간에 주름을 떠올렸다.

"오늘은 반드시 타결을 봐야 하지 않겠습니까?"

"저도 같은 생각입니다."

"그래서 오늘은 타결을 볼 때까지 시간제한 없이 협상을 하는 것이 어떻겠습니까?"

"좋습니다. 그렇게 하십시다. 하지만 그전에 먼저 짚고 넘어가야 할 것이 있습니다."

잠시 말을 멈춘 천룡각주는 마른침을 꿀꺽 삼켰다. 지금이 가장 중요한 고비이기 때문이다.

"그것이 무엇입니까?"

"지난번에 저희한테 한 요구 말입니다."

"아… 그것 말입니까? 어떻게 결정을 내렸습니까?"

"저희는 그 요구를 받아들일 수 없습니다. 만약 계속 그걸 원하실 경우 이번 협상은 없었던 걸로 할 수밖에 다른 도리가 없겠죠"

이런 경우는 예상하지 못한 모양인지 재정전주는 적잖이 당황한 표정을 지었다. 하지만 이내 평정심을 되찾았다.

"흠… 결국 그렇게 결정을 내렸군요."

"어떻게 하시겠습니까? 지금 여기서 협상을 끝내시겠습니까?"

"잠시 생각할 시간을 주었으면 합니다만…."

"그리하시지요. 현명한 판단을 내릴 것이라 믿고 있겠습니다."

"그럼 잠시 실례하겠습니다."

재정전주는 자리에서 일어나 별실 쪽으로 무거운 걸음을 옮겼다.

별실의 모든 것은 검박하기만 했다. 접견실로만 쓸 용도였던 듯, 안은 아담한 탁자와 의자 외엔 별다른 가구가 없었다. 단향목으로 만들어진 아무런 장식이 없는 담백한 의자에 앉은 재정전주는 창밖을 물끄러미 바라보고 있었다. 그 모습에 천밀각주는 재정전주의 안색을 살피며 걱정스러운 표정을 지었다.

"재정전주님! 가주님께 보고 드려야 하는 게 아닙니까?"

"나중에 말씀드려도 괜찮을 걸세! 그건 그렇고 자네는 이 문제를 어떻게 하였으면 좋겠는가?"

"제 판단으론 그 일을 포기하는 수밖에 다른 방법이 없는 것 같습니다. 만약 협상이 결렬이 된다면 합작을 통해 천성과의 격차를 좁히려던 계획에 차질이 생기는 것은 물론 재정전주님의 명성에도 큰 오점으로 남을 것이니 이제 그만 포기하시는 게 여러 모로 좋을 것 같습니다."

논리 정연한 천밀각주의 말에 재정전주는 흡족한 표정으로 고개를 끄덕였다.

"아주 좋은 지적이었네. 이처럼 탁월한 안목을 갖췄으니 이제 경험만 더 쌓으면 나를 뛰어넘고도 남겠어."

"과찬의 말씀이십니다."

"헌데 의문인 점이 하나 있다네. 자네도 알다시피 협상대표인 천룡각주는 가주의 전폭적인 지원 하에 이곳에 왔네. 그만큼 협상을 성공적으로 마무리해야 한다는 중압감이 클 터인데 왜 이런 결정을 하였을까?"

"바로 그것이 저들이 노리는 전략일 것입니다."

"그게 무슨 말인가? 전략이라니?"

"일명 벼랑 끝 전술이라는 것입니다. 상대방을 벼랑 끝과 같은 극한 상황으로 내몰아 자신이 원하는 행동을 하게 만드는 것이죠. 조금 위험한 일이긴 하지만 지금 같은 상황에서는 아주 유용한 전술이라 할 수 있을 것입니다. 이제 어떻게 하실 생각이십니까?"

재정전주는 대답 대신 의자에서 일어나 창가로 걸어갔다. 팔장을 끼고 창밖을 바라보는 그의 눈은 점점 깊이 가라앉고 있었다.

제 2장

진시말경 마차 두 대가 서대가를 빠져나가고 있었다. 그중 뒤에 있는 마차에 타고 있던 윤여준이 천남명을 바라보며 물었다.

"지금 어디로 가고 있는 것입니까?"

"나도 모르겠네. 아무튼 가보면 알겠지."

이윽고 천남명은 고개를 창밖으로 향했다. 가주로부터 두 가지 조건을 받아들인다는 전서구가 당도한 건 오 일 전이었다. 그 소식을 전해 듣자 뇌이태 선생은 입가에 의미를 알 수 없는 미소를 지어 보이더니 조금만 기다려 달라는 것이었다. 그로부터 사흘이 지난 오늘, 갑자기 보여 줄 것이 있다며 밖으로 나와 마차를 타자 할 수 없이 천남명과 윤여준도 준비돼 있는 마차를 타고 뒤따라가고 있는 중이었다. 잠시 생각에 잠겨있는 사이 어느새 목적지에 당도했는지 말을 꾸짖는 마부의 호령과 함께 마차가 멈춰

섰다. 마차에서 내리니 어느 가옥 앞이었다. 비록 그 규모가 그리 크지 않지만 워낙 사람들의 왕래가 잦은 곳이라 인근에 큰 상권이 형성돼 있었다. 입구에는 말을 매어놓는 돌과 상마석(上馬石)이 있어 가마와 말의 출입에 편리하도록 되어 있었다.

"여기가 어딥니까?"

"이곳이 바로 이번 표호의 본점이네."

그 말에 천남명은 다시 한 번 주변을 천천히 살펴보았다. 그러던 중 대문 위에 누구나 알아보기 쉽도록 큰 글씨로 된 현관이 걸려 있는 게 보였다.

"일승창(日昇昌)이라…"

"일승창을 풀어쓰면 앞으로도 일일승일일日日昇日日 뒤로도 일일승일일日日昇日日이 되네. 즉 날마다 발전하라는 뜻으로 지은 것인데 이름이 마음에 드는가?"

"물론입니다."

"자네가 마음에 든다니 다행이군. 이만 안으로 들어가세"

"네."

천남명과 윤여준은 궁금증을 가슴에 담은 채 안으로 들어갔다.

일승창 안은 밖에서 보던 것보다 훨씬 더 크고 넓었다. 입구 가운데에 향로가 있고 측면에는 거문고와 바둑을 두고 있는 모습이 그려져 있었다. 더욱이 높고 두터운 회색의 벽돌담장이 높낮이가 조화로운 검정기와의 건물들을 둘러싸서 보기에 아주 웅위롭고 장관이었다. 정문을 들어가 정교한 나무 조각의 홀을 지나면 벽돌로 쌓은 높이 2미터의 벽이 맞은 편에 보인다. 이것은 사악함을 막기 위해 만든 벽인데 벽에는 복(福)과 녹(祿), 수(壽)를 대표하는 세 명의 신선이 서로 다른 모양으로 그려져 있고 장수와 길함을 의미하는 백학, 소나무, 사슴 등이 그사이에 자리 잡고 있다. 한동안 말없이 걷던 뇌이태 선생은 첫 번째 홀을 지난후 오른쪽 건물 안으로 들어갔다. 창가가 있는 오른쪽에는 검은색의 굴곡이 있는 긴 책상과 의자가 놓여 있었고 왼쪽에는 벽을 따라 책들이 잘 진열된 책장이 자리 잡고 있었다. 책장은 세 칸으로 나누어져 여러 종류의 책이 크기 순서대로 세워져 있는 모습이 눈에 들어왔다.

"이곳은 사람들이 가장 많이 붐비게 될 거래사무소네."

일승창의 핵심이라 할 수 있는 거래사무소는 저금, 결산, 환어음 등에 대한 업무를 보게 된다. 그중 환어음의 형식은 기재 사항에 의하여 결정되며 기재사항도 필수 기재사항과 임의 기재사항으로 구분되어진다. 필수 기재사항(환어음의 표시, 무조건 위탁문언, 지급인, 지급기일 및 지급지, 수취인, 발행일 및 발행지, 발행인의 기명날인)의 어느 하나가 누락되면 환어음으로서의 효력이나 구속력을 갖지 못하게 된다. 환어음은 2통이 한 조로 발행

되고, 그중 하나가 결제되면 나머지는 자동적으로 효력이 상실하게 된다. 천남명과 윤여준은 설명을 들을수록 입을 다물 수 없었다. 그들이 놀라건 말건 뇌이태 선생은 전혀 신경 쓰지 않고 왼쪽 책장 앞으로 다가갔다. 이어 두 번째 칸에 있던 낡은 책 한 권을 꺼내 들었다.

"하지만 가장 중요한 것은 얼마나 안전하게 보관할 수 있느냐네."

그리고는 들고 있던 책을 거꾸로 꽂았다. 그 순간, 그그궁……!

기이한 음향과 함께 책장이 회전하며 하나의 암도가 나타났다. 가까이 가서 보니 아래로 내려가는 나선 계단이 보였다. 하지만 너무 어두워서 계단의 끝이 보이지 않았다.

"이 아래에 비밀금고가 있네. 무려 깊이가 삼 미터나 되지. 가장 깊숙한 곳에 은화 등을 저장한 뒤 정방형의 나무문으로 밀봉하는 방식을 사용했네. 이렇게 해야 고객들이 믿고 맡기지 않겠는가."

잠시 후 거꾸로 된 책을 보기 좋게 다시 꽂자 언제 그랬냐는 듯 원상태로 돌아왔다. 제대로 됐는지 꼼꼼히 살펴보던 뇌이태 선생은 뒤돌아보며 말했다.

"이제 다른 곳으로 가보세!"

마지막으로 간 곳은 녹색의 정원이 보이는 아치모양 작은 창을 여럿 가진, 장방형의 크고 넓은 방이었다. 방 여기저기 놓여있는 아름다운 도자기와 찻잔, 그림들은 얼핏 보기에도 상당한 고급품임에는 틀림없었다. 매우 아늑하면서도 고풍스러운 분위기를 자아냈다.

　"여긴 내 집무실이네. 그럼 일단 자리에 앉도록 하지"

　이어 그들은 상아로 만든 탁자를 사이에 두고 서로 마주 앉았다. 천남명은 다시 한 번 주위를 둘러본 후 말했다.

　"실내 분위기가 너무 좋군요. 나중에 제 방도 이렇게 꾸며봐야겠습니다."

　"이곳은 특별 고객들을 접견하는 장소로도 쓰일 것이기 때문에 상당히 신경을 많이 썼지. 그건 그렇고 이것을 한번 보게"

　"그것이 무엇입니까?"

　천남명은 종이 한 장을 건네받았다.

　근방가표모취(謹防假票冒取) 물망세규서장(勿忘細規書章)

　감소세정박(堪笑世情薄) 천도최공평(天道最公平) 매심도자리(昧心圖自利)

　음모해타인(陰謨害他人) 선악종유보(善惡終有報) 도두필분명(到頭必分明)

　생객다찰간(生客多察看) 짐작이후행(斟酌而後行)

국보유통(國寶流通)

　전혀 뜻을 짐작할 수 없는 글자들이 적혀져 있었다. 천남명이 궁금한 표정으로 바라보자 뇌이태 선생은 입가에 인자한 미소를 지으며 말했다.

　"자네가 모르는 건 당연한 일, 지금 보고 있는 것은 비밀문자들이네."

　"비밀문자라…"

　"위조방지와 다른 상인들이 넘보지 못하게 하려면 극도의 보안과 기밀을 유지해야만 하네. 그러려면 비밀문자가 반드시 필요한 법이지."

　뇌이태 선생은 잠시 사이를 두었다가 다시 말을 이었다.

　"맨 앞의 12글자는 12개월을, 중간에 있는 30자는 한 달의 30일을 표시한 것이네. 또한 생객다찰간 짐작이후행(生客多察看 斟酌而後行)은 사실 1, 2, 3, 4, 5, 6, 7, 8, 9, 10이며, 마지막으로 국보유통은 만천백십(萬千百十)이네."

　그동안 큰 틀의 방향만 정했을 뿐 구체적인 세부 시행계획은 마련되지 않은 상태였다. 헌데 뇌이태 선생은 얼마 되지 않는 짧은 시간임에도 불구하고 거의 완벽하리만큼 치밀하게 준비한 것에 대해 놀라움을 금치 못했다. 역시 자신의 선택이 틀리지 않았음을 새삼 깨닫게 해주었다. 뇌이태 선생은 만면에 미소를 지으며 말했다.

"이제 앞으로 어디로 갈 생각인가?"

"딱히 정해진 것이 없습니다."

"아무튼 어디를 가든 부디 몸조심하도록 하게."

뇌이태 선생의 진심 어린 당부에 천남명은 묵묵히 고개를 끄덕였다.

"총지배인님도 다시 뵙는 날까지 강녕하십시오."

천남명과 윤여준은 정중히 허리 굽혀 예를 표한 후 물러났다.

태사의엔 화려한 비단옷을 입은 노인이 깊숙이 몸을 묻은 채 지그시 눈을 감고 있었다.

"섬서상방에서 온 협상대표단이 무영각을 나왔다 했나?"

"그렇습니다. 보고에 의하면 일다경 전에 무영각을 나와 지금쯤이면 정문에 당도 하였을 것이라 합니다."

노인은 대륙신안동맹의 가주인 포문생이었고 보고를 하는 사람은 재정전주인 단우천이었다. 대륙신안동맹과 섬서상방은 협상시한을 하루 더 연장한 끝에 합의점을 끌어냄으로써 극적인 타결을 이룰 수 있었다. 양측 모두 천성의 일방적인 독주를 견제하기 위해선 폭넓은 교류와 협력이 불가피하다는 인식을 같이한 결과였다.

"여기서 섬서상방까지 얼마나 걸릴 것 같나?"

"아무리 빨리 간다 해도 그들이 도착하려면 보름은 족히 걸릴 것입니다."

그 말에 포문생은 잠시 다른 곳에 눈을 두어 생각에 잠기는 듯하더니 곧 천천히 입을 열었다.

"조인식이 정주에서 한다고 했던가?"

"네!"

"그리 멀지 않은 곳이니 좀 여유 있게 준비해도 되겠군."

"이미 그에 대한 모든 준비를 하라고 지시해 놓았습니다."

포문생은 마음에 들었는지 흡족한 표정으로 고개를 끄덕였다.

"좋아. 그건 자네가 알아서 하게…. 참, 천룡각주에 대해 어떻게 생각하나? 보통 인물이 아닌 것 같은데."

"저도 같은 생각입니다. 우리의 요구를 자기가 원하는 방향으로 이끈 능력은 대단하다고 봅니다. 이번 일로 그의 입지가 커질 것은 불 보듯 당연한 일. 따라서 보다 주의 깊게 살펴볼 필요가 있을 것 같습니다."

"앞으로 그의 행보가 어떠할지 궁금해지는군. 그건 그렇고 요새 천성의 동태는 어떠한가?"

"한마디로 폭풍 속의 고요처럼 극도의 긴장감이 흐르고 있습니다."

포문생은 한층 깊어진 눈으로 단우천을 바라보았다. 그는 오랜

세월이 흘러도 변함없이 서로 믿고 의지할 수 있는 친구이자 동반자였다.

"자네도 알다시피 우리가 경쟁해야 할 상대는 천성이지 않은가? 천성에서 일어나는 아주 사소한 일이라도 다 나한테 보고토록 하게."

"알겠습니다."

"이제 좀 쉬어야겠으니 나가보도록 하게."

"그럼…."

단우천은 가볍게 머리를 한번 숙이고는 대전을 빠져나왔다.

한단(邯鄲)

화북평원(華北平原)에서 산서[山西]산지로 들어가는 교통의 요지에 해당하기 때문에 예로부터 교역이 활발하여 부유한 상인이 모이는 도시로서 번영하였다. 춘추시대(春秋時代)에 위(衛)나라의 도읍지로 건설되어, 전국시대(戰國時代) 때는 조(趙)나라의 중심지였다.

진(秦)·한(漢) 나라를 통하여 그 번영이 지속되었으나, 그 후 정치적 변동으로 점차 쇠퇴하여 당(唐)나라 이후에는 부(府)와 주(州)에 속하는 현(縣)이 되었다. 유명한 《한단의 꿈》의 고사(故事)는 이곳을 무대로 한 이야기이다. 당나라 현종(玄宗) 때의 일이다. 도사 여옹은 한단으로 가는 도중 주막에서 쉬다가 노생이라는 젊은이를 만났다. 그는 산동(山東)에 사는데, 아무리 애를 써봐도 가난을 면치 못하고 산다며 신세한탄을 하고는 졸기 시작했다. 여옹이 보따리 속에서 양쪽으로 구멍이 뚫린 도자기 베개를 꺼내 주자 노생은 그것을 베고 잠이 들었다. 노생이 꿈속에서 점점 커지는 베개 구멍 속으로 들어가 보니, 고래등 같은 집이 있었다. 노생은 최 씨 명문가인 그 집 딸과 결혼하고 과거에 급제한 뒤 벼슬길에 나아가 순조롭게 승진하여 마침내 재상이 되었다. 그 후 10년간 명재상으로 이름이 높았으나, 어느 날 갑자기 역적으로 몰려 잡혀가게 되었다. 노생은 포박당하며 "내 고향 산동에서 농사나 지으면서 살았으면 이런 억울한 누명은 쓰지 않았을 텐데, 무엇 때문에 벼슬길에 나갔던가. 그 옛날 누더기를 걸치고 한단의 거리를 거닐던 때가 그립구나"라고 말하며 자결하려 했으나, 아내와 아들의 만류로 이루지 못했다. 다행히 사형은 면하고 변방으로 유배되었다가 수년 후 모함이었음이 밝혀져 다시 재상의 자리에 오르게 되었다. 그 후 노생은 모두 고관이 된 아들 다섯과 열 명의 손자를 거느리고 행복하게 살다가 80세의 나이로 세상을 마쳤다. 그런데 노생이 기지개를 켜며 깨어 보니 꿈이었다. 옆에는 노옹이 앉아 있었고, 주막집 주인이 메조밥을 짓고 있었는데, 아직 뜸이 들지 않았을 정도의 짧은 동안의 꿈이었다. 노생을 바라보고 있던 여옹은 "인생은 다 그런 것이라네"라고 웃으며 말했다. 노생은 한바탕 꿈으로 온갖 영욕과 부귀와 죽음까지도 다 겪게 해서 부질없는 욕망을 막아준 여옹의 가르침에 머리 숙여 감사하고 한단을 떠났다.

희뿌연 흙먼지를 흩날리며 한 대의 마차가 숲 밖에 나 있는 도로를 달리고 있었다. 세 마리의 말이 메어진 사륜마차였다. 마차 안에는 뇌이태 선생에게 표호의 전권을 맡기고 평요를 떠나 온 천남명과 윤여준이 타고 있었다. 천남명은 깊은 생각에 잠긴 듯 등을 기댄 채 눈을 지그시 감고 있었다. 그 모습에 윤여준은 잠시 고민하는 눈치더니 조심스럽게 입을 열었다.

"이제 조금만 더 가면 한단입니다."

그 말에 천남명은 비로소 지그시 감았던 눈을 뜨며 제 앞 석에 앉아있는 윤여준에게 시선을 두며 물었다.

"우리가 평요를 출발한 지 얼마나 되었지?"

"오늘로 육 일째입니다."

"벌써 그렇게 되었단 말인가? 그건 그렇고 한단이라 하니 떠오르는 고사가 있네."

"한단지몽 말입니까?"

천남명은 부드러운 미소를 지으며 고개를 끄덕였다.

"그렇네. 자네는 한단지몽이 무엇을 뜻하는지 알고 있는가?"

"인간의 부귀영화나 인생의 영고성쇠가 다 꿈같이 부질없음을 비유한 것으로 알고 있습니다."

"인생은 메아리와 같다는 말이 있네. 산 정상에서 소리치면 메아리가 되어 돌아오듯이 내가 알게 모르게 행한 일들이 반드시 돌아온다는 것이네. 그것이 좋은 일이든 나쁜 일이든, 해서 무엇을 하며 사느냐보다 어떻게 사느냐가 더 중요한 것이지."

"그 말씀 가슴 깊이 간직하도록 하겠습니다."

그리고는 또다시 둘 사이엔 침묵이 흘렀다. 윤여준이 생각을 정리하려는 듯 눈을 살며시 감고 있자 천남명은 방해가 되지 않게 시선을 창밖으로 돌렸다. 이제 곧 겨울이 오려고 하는지 날은 어느새 어두워지려 하고 있었다. 마부는 더 늦기 전에 한단에 도착해야 한다는 걸 아는지 마차를 더 빨리 몰기 시작했다.

천명루(天明樓)

때는 중천에 태양이 걸려있는 정오 무렵.

청명한 양광이 내리비치는 이 층 객석에는 한사람이 덩그러니 앉아 간단한 요기를 하고 있었다. 어젯밤 늦게서야 한단에 도착한 천남명과 윤여준은 숙소를 정하자마자 여장을 푼 후, 바로 잠

자리에 들었다. 너무 피곤했던 탓인지 그만 늦잠을 자 이제서야 아침식사를 하고 있는 것이다. 지금쯤이면 점심식사를 할 무렵이라 시끌벅적할 시각인데도, 주위는 매우 한산했다. 열린 창으로 들어온 한낮의 햇살을 만끽하고 있는데 언제 다가왔는지 윤여준이 맞은편 의자에 자리를 잡고 앉았다.

"늦어서 죄송합니다."

"아니네. 그건 나도 마찬가지인걸…. 아무튼 배고플 터이니 식사 먼저 하게."

"네!"

천남명은 다시 점소이를 불러 자신과 같은 음식을 시켰다. 곧 음식이 나오고 그 둘은 천천히 먹기 시작했다. 비록 몸은 지치고 피곤하여 녹초가 되었음에도 불구하고 먹는 거에 집중할 정도로 음식 맛은 좋았다. 그래서인지 기분이 한결 나아지는 것 같았다.

"생각했던 것보다 음식 맛이 담백하니 아주 좋군."

"지금 드시고 있는 음식은 무생채, 애호박 볶음, 부추, 호도, 은행, 잣, 김 등 십여 가지가 넘는 재료가 사용되는데 매일 아침 공수해 오는 신선한 야채를 사용하고, 물 대신 육수를 사용해 다른 데서 맛볼 수 없는 차별화된 전략으로 비약적인 발전을 거듭해 왔습니다. 그 결과 하북성은 물론 저 멀리 북경에서도 찾아올 정도로 미식가들 사이에선 입소문이 자자하다고 합니다."

"호오… 그 정도란 말이지? 왠지 기대가 좀 되는군."

천남명은 자신도 모르게 탄성이 터져 나왔다. 도대체 어떤 인물이기에 이런 결과를 만들어 냈는지 한단지점장에 대한 기대와 궁금증이 더해갔다. 천성이 더욱 발전하려면 열정적이면서 능력 있는 사람이 많아야 한다는 게 그의 평소 지론이었다. 이윽고 식사를 마친 천남명은 자리에서 일어나며 말했다.

"한단지점장님을 지금 바로 내 방으로 모셔오게."

방으로 돌아온 천남명은 창가에 있는 탁자 옆에 앉아 밖을 내다보며 깊은 생각에 잠겨 있었다. 바로 그때였다. 똑똑─ 짧은 노크 소리와 함께 윤여준이 문을 열고 방으로 들어섰다. 그런데 그는 혼자가 아니었다. 사십 대 중반으로 보이는 한 중년인이 뒤따라 들어왔다. 머리카락은 단정하게 빗어져 있었으며 길게 자란 흰 눈썹에 수염은 가슴까지 내려와 있었다. 상당히 기품 있어 보였다.

"한단지점장님을 모시고 왔습니다."

천남명은 그 말에 고개를 살짝 끄덕이더니 자리에서 일어났다.

"인사가 좀 늦었습니다. 천남명이라 합니다. 앞으로 많은 지도 부탁드립니다."

"바쁘신 거 아는데 별말씀을 다 하십니다. 그건 그렇고 소가주님이 평요를 떠났다는 소식은 보고를 통해 알고 있었는데 이렇게 빨리 오실 줄은 미처 예상치 못했습니다. 연락을 하셨으면 제가 마중을 나갔을 터인데……"

"제가 워낙 번거로운 것을 좋아하지 않는 편이라서…. 아무튼 지점장님의 마음만은 고맙게 받겠습니다. 조금 긴 이야기가 될 수도 있으니, 일단 앉도록 하죠."

"네!"

이윽고 두 사람은 탁자를 가운데 두고 마주 보며 앉았다. 천남명은 진금표에게 차를 들 것을 권했고, 두 사람은 잠시 침묵 속에 차를 마셨다. 목마른 놈이 우물 판다고 먼저 침묵을 깬 것은 천남명이었다.

"지점장님도 지난 천성대전이 어떻게 끝났는지 들어서 알고 있을 것입니다. 물론 지금의 천성이 있기까지 오대봉공들께서 큰 역할을 하였음은 그 누구도 부인하지 못할 것입니다. 허나 그와 더불어 가늠조차 하지 못할 만큼 큰 힘을 가진 것 또한 사실입니다. 그 때문에 가주 불신임안이 상정되는 걸 그저 눈 뜨고 바라볼 수밖에 없었던 것입니다. 해서 가주께서는 다시는 이런 일이 일어나지 않기 위해 오대봉공들의 힘을 축소시키는 개혁안을 발표하셨고 전 그것을 실현시키기 위해 이곳에 온 것입니다."

자신의 앞에 있는 찻잔을 들어 한 모금 마신 뒤 잔에 내려놓고는 하던 말을 이어갔다.

"아시다시피 200년 이상 이어오던 명나라는 비극적인 종말을 고하였고, 결국 청나라가 들어섰습니다. 그야말로 불확실성이 중첩된 격변의 시기를 맞이한 것이죠. 대내외적으로 어려운 상황을 극복하고 슬기롭게 헤쳐나가려면 하나 된 마음으로 일치단결하여 온 힘을 모아야 할 것입니다. 단언하건대 이 일을 하실 수 있는 분은 오직 가주님밖에 없습니다."

"저도 오대봉공들이 천성에 미치는 영향이 그 어느 때보다 커진 것에 대해 동감하는 바입니다. 하지만 이렇게 될 때까지 적절한 조치를 취하지 못한 가주께서도 책임이 없다 할 수 없을 것입니다. 비록 늦긴 하였지만 이제라도 다시 원상태로 돌려놓으시겠다 하시니 천만다행입니다. 이제 제가 무엇을 도와드리면 되는 것입니까?"

"그동안 어떠한 왕래도 없었던 관계로 만나서 무슨 말을 어떻게 해야 하나 막연한 불안감이 없지 않아 있었는데 그것은 한낱 기우에 불과했군요. 이럴 줄 알았으면 진작에 찾아뵈었을 터인데…. 아쉬울 따름이군요."

"인생에서 가장 큰 복은 인연복(因緣福)이라고 합니다. 누구를 어떻게 만나느냐에 따라서 자신의 삶에도 지대한 영향을 받으니까요. 그래서 전 오늘의 만남이 뜻깊은 날로 기억될 것 같습니다."

진금표의 말에 천남명은 만면에 미소를 지으며 말했다.

"그리 말씀해 주시니 감사할 따름입니다. 앞으로도 좋은 인연으로 계속 이어지기를 바라마지 않습니다. 그건 그렇고 제가 지점장님을 뵙고자 한 것은 다름이 아니오라 이곳의 회계장부를 살펴봤으면 하는 것입니다."

"회계장부를 살펴본다는 것은 설마…"

"물론 그것도 있지만 다른 이유도 있습니다. 자세한 것은 나중에 설명해 드리겠습니다."

"알겠습니다. 그럼 지금 당장 준비하도록 하겠습니다."

진금표가 정중하게 예를 표하고 물러가자 한참 동안 아무 말 없이 앉아 있던 윤여준이 입을 열었다.

"지점장님이 적극적으로 도와주셔서 천만다행입니다."

"회계장부가 오면 바빠질 터이니 잠깐 쉬고 있도록 하게"

"알겠습니다."

한단지점장에게서 건네받은 회계장부는 봉차(奉次:자산) 1개, 급차(級次:부채) 1개, 이익 1개, 손해 1개로 이루어져 있었다. 그중 기본이 되는 것은 일기장과 분개장(分介帳)이다. 일기장에는 초일기(草日記)· 중일기(中日記) 등이 있으며, 분개장에는 봉차장·급차장·원장(元帳)·외상장책(外上長冊)·타급장책(他給長冊)·결산장 등이 들어 있다. 일기장과 분기장 외에 통장을 통칭하여 주요 장부라고 하는데, 그중에서도 기본이 되는 것은 일기장과 장책이다. 일기장 가운데 초일기는 영업일지에 해당하는 단순한 거래의 기록이고, 중일기는 정서한 일기책으로 분개인 장책에 전기

(轉記) 매개구실을 한다. 장책은 복식부기에서의 총계정원장에 상당한데, 외상장책은 준 것에 대해 나중에 갚아야 될 것을 기록한 장부이다. 이 외에도 보조장부에 속하는 현금출납장·물품거래장·위탁물처리장·어험수지장·회계책·손익계산장 등이 있다.

또한 이러한 장부를 사용하면서도 장부의 기록과 계산의 편의를 위해 독특한 부호를 개발하였다. 그 가운데 대표적인 것으로 타점법(打點法)과 둥자법(鑑子法)인데, 타점법은 일기와 장부에서 가장 많이 사용되는 기호이다. 장부의 경우는 일기에서 장부에 옮겨 적은 뒤 다시 일기장과 대조하여 옮겨 적은 내용이 일기장과 틀림이 없음을 확인함과 동시에 해당 행의 머리 부분에 점을 찍는 것이다. 둥자법은 앞의 행에 기재된 액수를 따지지 않고 다음 행에다 앞의 행의 액수를 반대로 기입하여 앞뒤 행의 액수를 평균한 경우 앞뒤 행의 끝을 서로 연결하여 묶는데 사용한다. 이것은 현금잔고를 계산할 때와 이다음에 참고하기 위하여 다시 볼 때 대단히 편리한 기호이다. 이 밖에도 금전의 출납에 대해서는 '상(上)', '하(下)'의 문자를 사용하는 등 독특한 기록법을 창안하였다.

윤여준은 탁자 위에 수북이 쌓여 있는 장부들을 바라보며 말했다.

"생각했던 것보다 분량이 상당하군요. 이것을 다 볼려면 시일이 꽤 걸릴 것 같습니다."

"시간이 오래 걸려도 좋으니 세심하게 살펴보도록 하게."

"네!"

이내 방안은 책장 넘기는 소리만이 가끔 들릴 뿐이었다.

하루의 일정을 마친 뒤 포문생은 총관과 함께 마차를 타고 어디론가 향했다. 한참을 달린 끝에 그들이 도착한 곳은 어느 한적한 공사현장. 공사는 거의 막바지에 이른 듯 입구에서 정면으로 보이는 건물은 산뜻하게 도색작업까지 마무리했으며 그 옆에 나란히 서 있는 건물 역시 외형을 모두 갖추고 마감공사가 한창 진행 중이었다. 안으로 들어서자 인부들이 바쁘게 움직이고 있었다. 이곳의 책임자처럼 보이는 자가 주위를 꼼꼼하게 둘러보며 뭔가 지시를 내리던 중 포문생을 발견한 듯 황급히 달려왔다.

"가 가주님…. 언제 오셨습니까?"

살짝 당황하며 묻자 포문생은 싱긋 웃어 보이며 괜찮다는 듯이 말했다.

"방금 왔습니다. 보아하니 완공일이 얼마 안 남은 것 같습니다. 사도욱님!"

사도욱

그는 기문진법과 토목기관지술(土木機關之術)에 있어서 타의 추종을 불허할 만큼 독보적이다. 그래서 사람들은 그를 공장(工匠)의 제신이라 불렀다. 특히 숭정제가 두 번씩이나 공부상서(工部尚書)에 등용코자 하였으나 단번에 거절한 일화는 지금까지도 인구에 회자되고 있다.

앞으로 이곳에 대륙신안동맹이 대규모 예산을 투입해 야심 차게 준비한 최고 수준의 교육기관이 들어설 예정이다. 역량 있는 인재를 발굴하고 양성해야 한다는 포문생의 평소지론에 따라 3년 전 사전조사 및 타당성 검토에 들어갔다. 중장기적인 발전 전망 등을 종합적으로 고려, 심도 있는 심의 끝에 사업이 본격 추진되었다. 그다음으로 과연 누구에게 설계를 맡길 것인가가 대두되었는데 의외로 쉽게 결정이 되었다. 사도욱 밖에는 적임자가 없다는 것에 그 누구도 이의를 제기하지 않았기 때문이다. 가장 중요한 문제가 결정 나자 그다음부터 일사천리로 일이 진행되었다. 입지 타당성 조사와 입지선정에 이어 재원조달 및 단계별 추진계획이 수립되었다.완성된 설계도면이 나온 건 터파기 등 본격적인 건물 기초 공사를 시작한 지 반년이 조금 지났을 무렵이었고 도색작업은 두 달 전쯤 시작되었다.

운동장을 둘러싸고 기숙사 1동-본관-기숙사 2동, 본관을 중심으로 동남쪽으로 별관, 그리고 별관의 맞은편으로 연무장이 있다. 기숙사 1동과 기숙사 2동의 뒷편으로는 조그마한 산책로와 화원이 조성되어 있다. 본관에는 교실과 교무실, 상담실과 관주실이 위치하고 있으며 본관의 지하층은 학생 자치 공간으로 명명된 빈 교실이 있다. 교실은 1, 2, 3층에 퍼져 있으며 계열에 따라 교실이동이 이루어진다. 교무실과 상담실은 4층에 있으며 휴게실이 따로 마련돼 있다. 최상층인 5층은 관계자 외 출입금지구역이며 관주실과 학생회실이 있다. 기숙사는 별개의 건물이며 1동, 2동 두 건물로 이루어져 있으며 각각 본관으로 이어지는 통로가 있다. 두 기숙사 모두 1층엔 식당, 2층과 3층엔 각각 9개의 방으로 되어 있다.

사도욱은 입가에 가득 미소를 담으며 대답했다.

"늦어도 한 달 안에는 완공이 될 것입니다."

"그럼 입관식을 예정대로 진행해도 아무런 문제가 없겠군요."

"특별한 일이 생기지 않는 한 문제 없을 것입니다."

포문생은 마음에 들었는지 흡족한 표정으로 고개를 끄덕였다.

"그럼 저는 사도욱님만 믿고 있겠습니다. 앞으로도 계속 수고해 주세요."

"네, 그럼 살펴 가십시오."

포문생은 현장직원들과 일일이 악수를 나누고 어깨를 두드려주며 격려했다. 이어 그들의 배웅을 뒤로 한 채 대륙신안동맹으로 돌아갔다.

정주(鄭州)

기원전 1046년 은(殷)나라를 멸망시킨 주(周)나라 무왕(武王)이 그의 아우 희선(嬉鮮)을 이 지역에 봉하고 관국(管國)이라 칭했다. 수(隋)나라 문제(文帝) 개황(開皇) 3년(583)에 이 지역을 처음으로 정주(鄭州)라고 불렀다. 허난 성 성도로, 허난 성 중부에 위치한다. 북쪽으로는 황하에 인접해 있고, 서쪽으로는 숭산(嵩山)에 기대어 있으며, 동남쪽에는 광활한 황준(黃準)평원이 있다. 서고동저의 지리적 조건으로 서부에는 산과 언덕이 면적의 2/3를 차지하며, 반면에 동쪽은 평원이 대부분이다. 중국 최초의 원시자기가 이곳에서 출토되었고 서주, 춘추시대를 거쳐 지금에 이르렀다. 중국 도교(道敎)의 성지이자 무당과 더불어 무림의 양대산맥이라고 일컬어지는 소림사는 정주와 개봉 사이에 있는 등봉시 숭산(嵩山)에 위치해 있다. 그리고 소실산(少室山) 아래의 무성한 숲속에 위치해 있다고 해서 '소림사'라고 불리게 되었다. 북위 태화 19년(495년)에 효문제가 인도 승려 발타대사를 위해 지어졌으며, 후에 선종의 시조가 됨과 동시에 소림사는 중국 선종의 조정이 되었다.

뿌연 흙먼지를 일으키며 두 대의 마차가 하얀 솜 같은 눈이 쌓인 평원을 가로질러 가고 있었다. 그닥 장식이 없는 수수한 마차였지만 그 마차 측면에 새겨진 문장의 의미를 아는 이들이라면 감히 함부로 할 수 없을 것이다. 대륙의 상권을 양분하고 있는 대륙신안동맹의 가주를 상징하는 것이기 때문이다. 포문생이 탄 마차가 조인식에 참석하기 위해 대륙신안동맹을 출발한지 보름이 넘어서야 황준평원에 도착할 수 있었다. 꽤나 오랫동안 달렸음에도 불구하고 말들은 전혀 지친 기색이 보이지 않았다. 한 시진 후면 목적지인 정주에 당도한다는 걸 아는지 마부의 손놀림이 더욱 빨라지고 있었다. 한편 마차 안에는 포문생과 재정전주가 이런 저런 얘기를 나누고 있었는데 넓고 아늑하게 꾸며져 있었다.

"섬서상방은 현재 어디쯤 오고 있다고 하던가?"

"보고받은 바에 의하면 두 식경 전에 개봉을 지났다고 합니다. 늦어도 오늘 안에는 도착한다고 하니 그리 염려하시지 않아도 될 것입니다."

"흠, 그렇다니 다행이군."

포문생은 잠시 말을 멈추고 창밖을 바라보다 말을 이었다.

"그나저나 아직도 천성에선 아무런 반응이 없는가?"

"네. 아직까지는 별다른 움직임이 없습니다."

"그 오만함과 지나친 자만심 때문에 어떤 결과를 초래하게 되는지 이제 뼈저리게 느끼게 될 것이야…. 참, 천룡각주도 조인식에 오겠지?"

"이번 협상의 대표였던 만큼 반드시 참석할 것입니다."

"자네가 그토록 칭찬해 마지않던 자이다 보니 무척 기대가 되는군."

포문생이 한층 깊어진 눈으로 바라보자 재정전주는 그저 미소만 지을 뿐이었다.

"그건 그렇고 우리가 도착할 곳이 어디인가?"

"천몽루입니다."

재정전주의 말에 포문생은 잠깐 생각하더니 곧 탄성을 질렀다.

"천몽루…. 아! 우문환이 총지배인으로 있는 그곳 말인가?"

"네! 그렇습니다."

재정전주는 살짝 고개를 끄덕이며 말했다.

"아버지의 대를 이어 총지배인에 오를 정도로 경영능력이 탁월하다고 들었네. 더욱이 학식 또한 높다고 하더군."

"맞습니다. 도량이 넓고 인망이 두터워 많은 사람들로부터 존경과 신뢰를 받고 있다 합니다."

이런저런 이야기를 하는 동안 어느새 목적지에 당도했는지 마차가 멈춰 섰다.

"가주님! 도착했습니다."

그 말에 포문생과 재정전주는 조용히 마차에서 내렸다. 그 모습을 보고 있던 우문환이 앞으로 나서며 말했다.

"어서 오십시오. 그렇지 않아도 소식이 없어서 기다리고 있었습니다."

"오랜만입니다. 총지배인이 이곳에 있어 언제나 마음이 든든합니다."

"별말씀을…. 날씨가 매우 춥습니다. 이만 안으로 드시지요."

"그럽시다!"

이윽고 포문생은 우문환의 안내를 받으며 안으로 들어갔다.

창가로 들어오는 나른한 햇살을 받으며 여러 사람들이 고풍스런 긴 탁자에 마주 보며 앉아 있었다. 옆 사람과 작은 소리로 주고받는 이들이 있는가 하면 고개를 숙이고 잠시 생각에 잠겨 있는 사람도 있었다. 드디어 오늘 대륙신안동맹과 섬서상방 간에 협력체계를 구축하는 협정조인식을 갖는 날이었다. 바로 그때 예정된 시간이 되었는지 섬서상방측에서 한 사람이 자리에서 일어났다. 천룡각주를 맡고 있는 진유성이었다.

"지금부터 협약협정서 조인식을 거행하도록 하겠습니다. 진행 순서는 먼저 양측 교섭위원에 대한 소개가 있겠고, 그다음 양측 대표교섭위원님들의 인사말씀이 있겠습니다. 이후에 합의서 서명 순서로 진행하도록 하겠습니다. 그럼 섬서상방측 교섭위원 먼저 소개를 드리겠습니다. 가주님 소개는 생략하고, 진행 편의상 존칭은 생략하도록 하겠습니다. 자리에 앉으신 순서대로 유성추 총관, 조문석 만뇌각주, 손책 부각주, 저는 섬서상방측 간사를 맡고 있는 진유성입니다. 대륙신안동맹측 소개 바랍니다."

이윽고 재정전주인 단우천이 자리에서 일어났다. 그리고는 만면에 미소를 가득 지으며 말했다.

"예. 저희도 가주님 소개는 생략하고 순서대로 섭당 총관, 서문광 비탐전주, 엽무검 지밀각주, 그리고 저는 대륙신안동맹측 간사를 맡고 있는 단우천입니다. 이어서 섬서상방의 가주이신 능운비님의 인사말씀이 있겠습니다."

그 말에 능운비는 가볍게 헛기침을 한 후 조심스레 말머리를 꺼냈다.

"존경하는 포문생 가주님, 그리고 이 자리에 와 주신 임원 여러분 안녕하십니까? 오늘은 매우 소중하고 뜻깊은 날입니다. 단 하나의 목표를 위해 상호 협력 체계를 구축하는 자리이기 때문입니다. 먼저 그간의 교섭진행과정에 대해서 말씀드리겠습니다. 지금까지 본 교섭과 실무교섭을 세 차례에 걸쳐 진행하였습니다. 교섭진행과정 속에 서로의 견해차가 있어 진통 또한 있었습니다. 하지만 한발씩 양보하는 상생의 협상을 통해서 최종 합의안을 도출하였습니다. 비록 앞으로 해결해야 할 과제들이 남아 있긴 하지만 긴밀한 상호협력이 원만히 잘 이루어진다면 문제될 게 없다고 봅니다. 끝으로 이 분위기가 깊은 이해와 진정성을 바탕으로 계속 이어져 나가기를 강력히 기대합니다. 동시에 가주님을 비롯한 임원 여러분들의 건강과 대륙신안동맹의 무궁한 발전을 기원합니다. 감사합니다."

"다음은 대륙신안동맹의 가주이신 포문생님의 인사말씀이 있겠습니다."

"반갑습니다. 이번 조인식을 계기로 더욱 굳건한 전략적 동맹 관계로 발전하는 첫발을 내딛게 됐습니다. 그동안 교류와 협력이 극히 미미한 수준에 불과했지만 이제는 신뢰를 밑바탕으로 둔 동반자적 관계로 함께 성장해 나갈 것입니다. 그리고 더 나아가서는 천성을 뛰어넘는데 큰 일조를 하게 될 것입니다. 특히 섭서상방은 늘 한발 앞서가는 행정을 펼쳐와 각 분야에 걸쳐 보고 배울 것이 많습니다. 이번 기회를 통해 다시 한 번 각오를 다지고 새롭게 태어나는 대륙신안동맹이 되기를 소망해 봅니다. 끝으로 지속적인 상호 교류로 합의사항이 알찬 열매로 결실 맺기를 희망합니다. 감사합니다."

양측 대표들의 인사말이 끝나자 진유성은 다시 자리에서 일어났다.

"다음은 조인서 서명이 있겠습니다."

다음 순서를 알리자, 포문생 앞으로 엽무검이 다가와 조인서를 두 손으로 내밀었다. 조인서를 받아 든 포문생은 금테로 장식된 겉장을 넘기고 내용을 확인했다.

상호협력에 관한 협정서(안)

대륙신안동맹과 섬서상방은 공동의 목표 아래 상호 물적·인적 협력과 실질적인 교류를 실행하기로 하고 다음과 같이 합의한다.

제1조 (목적)

상호 업무협약을 통해 이익을 증진시키며 급변하는 정세에 능동적으로 대처해 경쟁력을 강화하기 위한 것이다.

제2조 (기본원칙)

상호협력에 있어서 원칙적으로 상대기관의 제 규정을 존중하고 호혜적인 차원에서 협력관계를 유지한다.

제3조 (실무협의회 구성 및 운영)

①본 협정서에 규정한 협력분야의 효율적 추진과 세부업무의 상호 협의를 위하여 관련 실무담당자를 중심으로 하는 실무협의회를 구성할 수 있다.

②실무협의회 구성 및 그 운영에 관한 사항은 상호 협의하여 별도로 정한다.

제4조 (비용부담)

업무협력을 위하여 소요되는 비용은 공동부담을 원칙으로 하되 필요한 경우 상호 협의하여 조정할 수 있다.

제5조 (비밀유지)

①상호 업무협조를 수행함에 있어 취득한 정보에 대해서는 비밀을 유지해야 한다.

②비밀유지 의무는 본 협정이 종료된 이후에도 3년간 유지된다.

제6조 (유효기간)

①이 협정서는 서명한 날로부터 효력이 발생한다.

②이 협정서는 최초 2년간 유효하며, 이에 대한 중단의사를 서면 통보하지 않을 경우 2년 단위로 자동 연장되는 것을 원칙으로 한다.

제7조 (보관)
이 협정서는 2부를 작성하여 양 기관이 각각 1부씩 보관한다.

중요조항을 꼼꼼하게 살피고 이상이 없음을 확인한 포문생은 서명을 위해 만년필을 들었다. 그리고 가장 아래 칸이 있는 '대륙 신안동맹' 앞에 '포문생' 석 자를 적고 앞에 앉아있는 능운비를 바라보았다. 능운비 역시 서명을 했는지 고개를 들고 있었다. 서명을 완료한 것을 본 진유성이 다음 식순을 진행했다.

"그럼 양측 대표의 조인서 교환이 있겠습니다."

그 말에 포문생과 능운비는 자리에서 일어나 마주 섰다. 그리고 조인서에 만년필을 꽂고 그것을 교환했다. 각본대로 순서를 끝내자 진유성이 폐회선언을 했다.

"이로써 협약협정서 조인식을 마치겠습니다."

이윽고 포문생은 섬서상방의 임원들과의 짧은 대화를 가진 뒤, 곧장 천몽루로 출발했다.

- 제 3장

한편 그 시각, 천성에선 경영계획·자금담당 등 주요 임원들이 참석한 가운데 긴급 대책 회의가 열리고 있었다. 이번 건은 사안이 사안인 만큼 시종일관 무거운 분위기 속에서 진행됐다. 상석에 자리하고 있던 천인성은 다소 굳은 표정으로 말했다.

"지금쯤 조인식이 끝났겠군."

"…………"

그리고는 날카로운 눈으로 주위를 둘러보며 말을 이었다.

"추구하는 경영이념이 서로 달라 힘들 것이라고 예상을 했는데, 생각보다 수월하게 합의를 봤다는 건 그만큼 우리를 뛰어넘고자 하는 의지가 강하다는 소리가 아니겠는가?"

"맞습니다. 현재의 난국을 타개하고 새로운 도약의 전기를 마련하기 위한 불가피한 선택인 셈이죠."

총관의 말에 천인성 역시 동감한다는 듯 고개를 끄덕였다.

"문제는 그들이 갖고 있던 위기감이 우리에게로 넘어왔다는 것이네. 이에 그대들의 의견을 듣고자 하니 좋은 방도가 있다면 말해보시오!"

"위기는 곧 기회라는 말이 있습니다. 위기는 우리가 그것이 위기란 것을 깨닫지 못할 때 이름 그대로 위기로써 다가옵니다. 그러나 그 위기라는 사실을 인식하고 순순히 받아들인다면 그리고 기회로써 전환하고자 노력한다면, 위기보다 더욱더 큰 기회로 다가오리라 생각합니다."

총관은 잠시 말을 멈추고 짧게 숨을 한번 들이쉰 다음 말을 계속했다.

"장천대계가 비교적 성공적으로 진행 중이고 소가주님에 의해 설립된 일승창이 가면 갈수록 그 세를 넓히고 있다 하니 조만간 좋은 소식이 들려올 것입니다."

"일승창에 대해 자세히 말해 보시오!"

"비용이 적게 들 뿐만 아니라 매우 안전하다는 소문이 퍼지면서 상인들의 발길이 끊이지 않고 있다 합니다. 이런 상황이 계속된다면 산서성을 넘어 북경까지 진출할 날이 그리 멀지 않아 보입니다."

천인성은 약간 놀란 표정을 지으며 말했다.

"대단하군! 그 정도라니…."

"이렇게 된 데에는 가주님의 현명하신 판단이 있었기에 가능했습니다."

"내가 한 일이 뭐가 있다고, 총지배인의 능력이 뛰어나서 그리

된 것을."

　그 말에 잠시 생각하는 듯 가만히 앉아 있던 만화각주인 윤성제가 굵직하고 매끄러운 음성으로 말했다.

　"아닙니다. 가주님이 총지배인으로 임명하지 않았다면 어찌 이런 일이 가능했겠습니까?"

　"자자. 쓸데없는 소리는 그만 하고 장천대계가 어떻게 돼가고 있는지 말해 보게!"

　천인성은 서류를 내려놓고 푹신한 의자에 깊숙이 등을 기대며 말했다.

　"네! 오대봉공들께서 소유하고 계신 표국과 전장들 중 수익성과 가격 경쟁력이 떨어진다고 판단된 곳들은 모두 통폐합하였습니다. 물론 그 과정에서 반발이 없지 않았으나 개혁이라는 대의명분과 충분한 보상이 있는 뒤로는 일사천리로 진행됐습니다. 늦어도 반년 안에 끝낼 수 있을 것입니다."

　"금전적인 보상도 중요하겠지만 그보다 앞서 그들이 처한 상황을 이해하고 최소한의 생계를 이어갈 수 있는 방안을 찾는 데 주력해야 할 것이오."

　"네! 알겠습니다."

　"그럼 오늘의 회의는 이것으로 마치겠소. 앞으로도 가야 할 길이 많으니까 열심히 지금처럼만 한다면 이 위기감은 금세 사라질 터이니 모두 맡은 일에 최선을 다해주기 바라오."

한단지점장의 집무실은 그리 크지 않았지만 깔끔하고 고풍스러운 분위기를 자아내고 있었다. 또한 가구 하나, 꾸며진 커튼 하나, 놓여 있는 장식들 하나하나가 고아하고 소박한 것들뿐이었다. 진금표는 항상 묘시(卯時)면 자리에서 일어나 하루를 시작한다. 자기 자신을 이기려고 노력하지 않으면 성공은 없다는 게 그의 신조이기 때문이다. 오늘도 어김없이 자리에서 일어나 세면을 한 후에 탁자에 앉았다. 그리고는 시장현황과 매출분석에 들어갔다. 시장현황 분석은 가장 어려운 부분인 동시에 가장 중요한 부분의 하나이다. 시장조사와 분석을 잘하려면 충분한 시간을 갖고 시장과 관련된 다양한 자료를 면밀하게 분석할 필요가 있다. 그리고 경영만큼이나 신경을 써야 하는 것이 바로 정확하고 철저한 매출분석이다. 매출분석자료가 없다면 경기가 좋지 않아서라며 매상감소의 원인을 외부 탓으로만 돌리게 되고 장사가 잘 되면 경기가 좋아서 그렇다고 막연하게 생각하게 된다. 이때 매출분석자료가 있다면 곧바로 알 수 있다. 판매품목 중 연관성 있는 품목별로 나누어 계산하면 된다. 일일 매상을 기록하고 주간 매상 또는 월간 매상 통계를 기록한다. 이러한 자료를 분석하다 보면 매상 증가 혹은 감소의 원인을 쉽게 알 수 있을 뿐만 아니라, 문제가 발생했을 때 빨리 해결할 수 있고 판매계획을 세울 때도 도움이 된다. 한창 분석자료를 살피고 있는데 갑자기 비둘기 한 마리가 열어둔 창문을 통해 안으로 들어오는 것이었다. 그리고는 방안을 한 바퀴 휘돌더니 이내 진금표의 어깨에 사뿐히 내려앉았다. 이 시간에 무슨 일인가 싶어 전서구의 다리에 묶인 연통을 끌러냈다. 헌데 연통 속의 종이를 보자마자 급히 자신의 품속에 집어넣었다. 그리고는 자리에서 일어나 천천히 방을 나섰다. 밖으로 나와 보니 점소이들이 탁자 위를 닦고 있는 것이 보였다. 얼마나 닦았는지 먼지 하나 남아 있지 않았다. 진금표는 얼굴 가득히 만족의 미소를 띄우고는 이 층으로 올라갔다. 이윽고 천남명이 머무는 방 앞에 멈춰 똑똑, 하곤 가볍게 노크를 했다. '들어오세요'라는 익숙한 음성이 들려오자 진금표는 조심스레 문을 열고 안으로 들어갔다. 천남명은 또 밤을 샜는지 눈이 붉게 충혈 돼 있었다. 그리고 그 옆엔 진금표가 많은 도움이 될 거라며 추천한 회계 관리자 백기학과 윤여준이 앉아 있었다. 회계 관리자는 회계 및 재정업무와 재무상황 평가, 예산편성 및 각종 재정운용을 감독하고 재정정책 수립에 참여하는 등 재무부서의 운영을 기획, 지휘 및 조정한다.

"무슨 일입니까?"

잠시 딴생각에 빠져있던 진금표는 그 말에 퍼뜩 정신을 차리고는 대답했다.

"소가주님 앞으로 전서구가 당도했습니다. 붉은 끈이 묶여있는 게 아마도 급전인 것 같습니다."

"내가 여기에 있는 걸 어떻게 알고…. 아무튼 이리 줘 보세요."

"네!"

진금표는 품속에서 조심스럽게 종이를 꺼내 천남명에게 건네었다. 종이를 펼친 천남명은 간략히 몇 줄 적혀 있는 글을 읽었다. 하지만 그 내용은 결코 가볍지 않았다. 종이를 탁자 위에 내려놓으며 얼굴을 살짝 찌푸렸다.

"무슨 안 좋은 일이라도 있는 것입니까?"

옆에서 윤여준이 걱정 어린 표정으로 말했다.

"대륙신안동맹과 섬서상방이 어제 협약 협정서에 서명을 했다는군."

"결국 그렇게 됐군요. 이렇게 되면 대륙신안동맹이라는 호랑이에 날개를 단 격이 아닙니까?"

"나도 같은 생각이네. 아무래도 뒤로 미뤄둔 계획을 당겨야 할 것 같아. 지점장님은 곧 떠날 수 있도록 조치해 주십시오."

"알겠습니다."

이어 천남명은 못내 아쉬운 듯한 표정을 지으며 백기학을 바라봤다.

"다양한 주제로 열띤 토론시간을 가질 수 있어서 참 좋았는데 ….매우 아쉽군요. 천성으로 돌아갈 때 꼭 한번 들리겠습니다."

"그때가 오기만을 학수고대하고 있겠습니다."

"그럼 저희는 이만 물러가 보겠습니다."

진금표와 백기학이 고개를 숙이고 물러가자 천남명은 이내 자리에서 일어나 침대에 누웠다. 그동안 누적된 피로감 때문인지 금세 깊은 잠에 빠져들었다.

조인식을 마치고 천몽루로 돌아온 포문생은 그곳에서 하루를 더 묵었다. 그리고는 다음 날 아침 일찍 길을 나섰다. 다행히 아무 일도 없이 대륙신안동맹에 무사히 도착할 수 있었다. 도착하자마자 포문생은 긴급회의를 소집했다. 신규시장 확대에 따른 후속대책을 논의하기 위해서였다. 한 시진 가량 이어진 회의에서는 재정지출을 확대하고 조기집행 하는 한편, 신규 사업에 대한 사전교육도 아울러 실시하는 방안을 추진키로 했다. 그로부터 며칠 후, 대륙신안동맹은 이른 아침임에도 불구하고 매우 분주하게 움직이고 있었다. 지난 몇 년간 공들여 만든 새로운 교육기관인 승천관 입관식이 열리는 날이기 때문이다. 그래서인지 포문생의 얼굴에서 연신 미소가 떠나지 않았다. 따뜻한 욕탕에서 기분 좋게 목욕을 마치고 옷을 갈아입었다. 입관식을 할 시간이 다가오자 포문생은 빠트린 것이 없나 다시 한 번 점검을 한 후 마차에 올랐다. 얼마 지나지 않아 승천관에 도착한 포문생은 마중 나와 있던 사회부장의 안내를 받으며 단상을 향해 발걸음을 옮겼다. 상석으로 오른 포문생은 미리 와 있던 사람들과 반갑게 인사를 나눈 뒤 자리에 앉았다. 고개를 들어 앞을 보니 운동장에 신입관도들이 질서정연하게 서 있었다. 그들의 표정엔 설렘과 기대감으로 가득하여 있었다. 앞으로 이들은 대륙신안동맹을 선도적으로 이끌어 나갈 인재로 성장해 나갈 것이다.

　"그럼 지금부터 승천관 입관식을 시작하겠습니다."

　행정실장인 모용천의 말에 포문생은 상념에서 깨어나 고개를 들었다. 모용천의 말이 이어졌다.

"먼저 관주님으로부터 입학허가 선언이 있겠습니다."

그러자 포문생 옆에 앉아 있던 인물이 자리에서 일어나 단상 앞으로 나아갔다. 사리사욕이 없고, 온화함이 넘치는 듯한 풍모의 노인이었다. 허나 눈빛에선 범상치 않은 기도와 위엄이 서려 있었다. 이 노인이 바로 승천관의 관주인 백선문이었다. 백선문은 잠시 주위를 둘러 본 후 말했다.

"104명의 승천관 제1회 입학을 허가합니다."

그리곤 뒤를 돌아 다시 자리로 돌아갔다. 모용천은 계속해서 다음 식순을 진행했다.

"다음은 입학생 대표의 선서가 있겠습니다. 입학생은 모두 자리에서 일어나 주시기 바랍니다. 입학생 대표 문성진. 앞으로 나와 주세요."

그 말에 맨 앞줄에 서 있던 관도 한 명이 앞으로 나왔다. 한눈에 봐도 모범생처럼 생긴 문성진은 상급 자격시험에서 수석을 차지했기 때문에 이번 입학식 때 신입생 대표로 선서를 하게 되었다.

"선서. 우리 승천관 입학생들은 교칙을 준수하고 바른 생활 태도를 가지며 학생의 본분에 어긋남이 없도록 성실히 생활할 것을 엄숙히 선서합니다. 입학생 대표 문성진"

신입생 선서가 끝나자 백선문 승천관 관주의 환영사가 이어졌다. 백선문은 가볍게 헛기침을 한 후 긴 종이를 펴 그 내용을 읽었다.

"모든 만물이 새롭게 시작하는 이때, 승천관의 관도가 된 신입생 여러분을 충심으로 환영합니다. 그리고 사랑스러운 자녀들을 훌륭하게 키우시어 이곳에 보내주신 학부모님께도 감사와 축하의 말씀을 드립니다.

자랑스러운 신입생 여러분!

무쇠 덩이는 수백 번의 담금질과 수천 번의 벼름질을 통해 비로소 쓸모 있는 연장이 됩니다. 여러분도 모진 시련과 고난을 거치고서야 비로소 보다 더 나은 인격체로 도약할 수 있습니다. 승천관에서 여러분의 꿈을 키워가기 위해, 관주로서 신입생 여러분에게 몇 가지 당부의 말을 하고자 합니다.

첫째, 승천관에 있는 동안 인생에서 필요한 모든 것을 준비하기 바랍니다. 졸업 후 인생을 가치 있는 삶으로 만들기 위해서는 알차게 보내는 것이 중요합니다. 승천관 생활을 어떻게 활용하는 가는 전적으로 여러분 자신에게 달려 있습니다. 자신의 계획과 책임 하에 시간을 관리하고, 인생을 준비하십시오. 그리하여 인생에 필요한 것을 철저하게 준비하고, 또한 책임을 다하는 자유인이 되길 바랍니다.

둘째, 승천관 생활을 통하여 적극적으로 학문과 진리를 추구하고, 자신의 무한한 창의력을 계발하기 바랍니다. 목표를 향해 불굴의 의지로 끊임없이 도전하는 모습이 젊음의 상징입니다. 그런

의지로 적극적으로 학문을 연마하고, 진리를 찾을 때 사회가 필요로 하는 창의적 능력도 따라서 배양될 것입니다."

백선문은 잠시 사이를 두었다가 다시 말을 이었다.

"여러분은 앞으로 2년 동안, 학문적으로 탁월한 스승님들의 지도 아래 다방면으로 우수한 인재로 성장할 것입니다. 저는 관주로서, 최고의 교육기관으로 만들기 위해 최선의 노력을 다할 것입니다. 또한 항상 여러분과 기쁨과 어려움을 나누는 친근한 스승으로 함께 하겠습니다.

신입생과 학부모 여러분을 다시 한 번 환영하면서, 앞날에 무한한 영광과 축복이 함께하길 기원합니다. 감사합니다."

제법 긴 환영사가 끝나자 관도들 사이에서 박수가 터져 나왔다. 이어 내빈축사로 포문생이 소개됐다. 포문생은 조심스럽게 말문을 열었다.

"존경하는 백선문 관주님!
그리고 신입생과 내빈 여러분!

저는 오늘 새로운 세계, 새로운 출발로 설렘과 기대에 차 있는 신입생 여러분 못지않게 기쁘고 소망스런 마음으로 이 자리에 섰습니다. 먼저, 새봄과 함께 힘찬 발걸음으로 승천관 생활을 시작하는 신입생 여러분의 입학을 진심으로 축하합니다.

아울러, 이처럼 훌륭히 성장하여 오늘 이 자리에 서기까지 온 갖 정성으로 보살펴 주신 부모님과 인생의 사표로서 바른길을 인도해 주신 여러 스승님들의 노고에도 감사와 축하에 인사를 드립니다. 이제 여러분은 지성과 아름다운 젊음이 살아 숨 쉬는 청송 뜰에 막 첫발을 내디뎠습니다.

앞으로 2년간 부단한 노력으로 밝은 미래와 값진 인생을 창조해 나가는 영예롭고 훌륭한 열매를 맺기를 간절히 바랍니다. 때로는 어렵고 힘에 부친다 할지라도 뜨거운 정열과 넘치는 투지로 보람찬 승천관 생활을 영위한다면 국가의 동량지재로 우뚝 서게 될 것입니다.

저 또한 여러분들에게 각별한 애정을 갖고 있는 한 사람으로서 여러분의 성장을 위해 언제 어디서나 성원을 아끼지 않을 것입니다.

신입생 여러분! 웅지를 마음껏 펼치시기 바랍니다.

다시 한 번, 여러분의 영광스러운 입학을 축하드리며, 학부모님과 내빈 여러분, 그리고 백선문 관주님을 비롯한 임원 여러분의 무궁한 발전과 건승을 기원합니다. 감사합니다."

포문생이 축사를 마치고 자리로 돌아가자 모용천은 계속해서 입관식을 진행해 나갔다.

"그럼 앞으로 여러분들을 가르치실 스승님들을 소개하겠습니다."

그 말에 다섯 명의 인물이 상단으로 올라왔다. 남녀가 고루 섞여 있었는데 그중에는 나이가 비교적 젊은 사람도 끼어 있었다.

"지금부터 한 명씩 소개해 드리겠습니다."

그리고는 뒤로 몸을 돌리더니 왼쪽을 가리켰다.

"저기 맨 왼쪽에 계신 분이 연구부장인 하수란님이시고, 그 옆엔 사회부장인 곽평님이십니다. 이 두 분께서는 관내에서 규칙이 올바로 시행되도록 철저히 지도 감독할 것입니다."

여기까지 말한 모용천은 잠시 말을 멈췄다가 다시 입을 열었다.

"그리고 가운데 계신 분은 체육부장인 우문혜님이시고, 그 옆엔 보건실장인 구연성님과 교육정보부장인 임무경님이십니다."

앞으로 4년 동안 자신들을 가르칠 스승에 대한 소개여서 인지 관도들의 눈빛이 다른 때와 달리 살아 움직이고 있었다. 이후 폐회선언을 끝으로 입관식을 마쳤다. 모든 일이 잘 마무리되자 포문생은 천천히 자리에서 일어났다. 그 모습에 백선문과 관내의 임원들이 모두 자리에서 일어났다.

"벌써 가시는 것입니까?"

백선문은 약간 아쉬운 듯한 표정을 지었다.

"한 시진 후에 회의가 잡혀 있네. 입관식이 끝났으니 이만 돌아가야지."

그리고는 주위에 모여 있는 관내의 임원들과 일일이 악수를 나눴다.

"모두 최선을 다해 수고해 주시기 바랍니다!"

이윽고 그들의 배웅을 받으며 마차에 올라탄 포문생은 대륙신안동맹으로 돌아갔다.

인공 연못과 함께 잘 정비된 기화이초들이 화림(花林)을 이루고 있었다. 화림 사이로 작은 소로(小路)가 운치 있게 이어져 있었는데 소로가 끝나는 곳에 한 채의 전각이 자리하고 있었다. 주위의 정경과 절묘하게 어울려 마치 한 폭의 그림 같은 모습이었다. 전각 안에는 머리카락은 하얗게 변하기 시작했지만, 섬세한 얼굴을 한 중년인이 탁자에 앉아 있었다. 바로 천룡각주인 진유성이었다. 탁자 위엔 각종 서류들이 어지럽게 널려 있었다. 그는 이제야 좀 쉬려는지 자리에서 일어나 창문 쪽으로 걸어갔다. 창문을 열자 시원한 바람이 머릿결을 스쳐 지나갔다. 그러자 기분 전환도 되고 복잡했던 머리가 한결 맑아지는 기분이었다. 그는 고개를 돌려 주위를 둘러보았다. 항상 생각하는 거지만 이곳의 경관은 정말 예술이었다. 대륙신안동맹과의 협상을 성공적으로 이끈 공로를 인정받아 두 달 전에 거처를 옮기게 되었다. 청운의 꿈을 접고 상계에 입문한 지 벌써 삼 개월. 과연 내가 잘하고 있는 것인지 스스로 선택한 게 맞는지에 대해 심각하게 고민한 적이 한두 번이 아녔다. 그러다 문득 이 시가 생각났다.

盛年不重來 (성년불중래)

젊은 시절은 거듭 오지 않고

一日難再晨 (일일난재신)

하루는 아침 두 번 맞지 못하네.

及時當勉勵 (급시당면려)

때를 맞추어 부지런히 일할 것이요

月不待人 (세월부대인)

세월은 사람을 기다리지 않고 지나가네.

《고문진보》에 실려 있는 도연명의 시다. 세월은 한 번 지나가면 다시 돌아오지 않으니 시간을 헛되이 보내지 말고 무슨 일을 하든 최선을 다하라는 내용으로 주자(朱子)의 우성과 함께 권학시(勸學詩)로서 널리 알려져 있다. 주어진 일을 성실히 이행하고 하는 일마다 최선을 다하다 보면 자신도 모르는 사이에 운명이 갈 길을 열어줄 것이다. 그렇게 생각하고 나니까 마음이 편안해졌다. 고개를 들어 하늘을 보니, 조금 전만 해도 파랗던 하늘이 노을빛으로 붉게 물들어 있었다. 오늘 내로 보고서를 마쳐야 한다는 걸 상기하고는 이내 창문을 닫고 탁자에 가 앉았다.

진유성은 정신없고 분주한 가운데 큰 착오 없이 오전 일과를 마치고 잠시 휴식을 취하던 중, 가주께서 찾으신다는 전갈을 받고는 급히 천추전으로 향했다. 높은 담장 안으로 크고 작은 전각들 중 규모가 제일 크고 구조가 독특한 전각이 하나 있었다. 바로 가주의 거처인 천추전이었는데 외부로부터의 공격을 효과적으로 방비하기 위한 기관진식이 이중으로 설치되어 있었다. 또한 생문(生門)마다 가주의 호위대인 창궁검위대가 은신해 있어 가히 철옹성이라 해도 과언이 아니었다. 한 두 번 온 것도 아니지만 긴장되기는 매한가지였다. 잠시 후 창궁검위대주의 안내를 받아

도착한 곳은 식당이었다. 진유성이 안으로 들어서자 능운비는 반갑게 맞이했다.

"어서 오게 천룡각주! 일단 자리에 앉도록 하게."

"네!"

진유성은 살짝 미소 지으며 능운비의 맞은편 자리에 앉았다.

"마침 점심시간이라 같이 식사를 하기 위해 이곳으로 불렀네."

그리고는 창궁검위대주를 바라보며 말했다.

"준비된 음식들을 가지고 오라 하게!"

"알겠습니다."

창궁검위대주는 대답과 함께 바로 신형을 날려 어디론가 사라져 버렸다. 그가 사라지자 능운비는 만면에 미소를 지으며 진유성을 바라보았다.

"그래 지금 있는 곳은 지낼 만하던가?"

"배려해 주신 덕분에 잘 지내고 있습니다."

"그래, 그렇다니 다행이군."

그러는 사이 식탁 위에는 따뜻한 음식들이 하나둘 차려졌다. 진유성은 식욕을 자극하는 고소하면서도 달콤한 냄새에 시장기가 몰려왔다.

"자 어서 들게나. 입맛에 맞을지는 모르겠지만."

"네!"

진유성은 조용히 자신의 접시에 있는 음식을 집어 들어 한입 베어 물었다. 씹는 느낌이 딱딱하지도 물렁물렁하지도 않아서 씹어 먹는 느낌이 좋았고, 맛도 일품이었다.

"아주 부드럽고 맛있군요."

"그래… 더 있으니 많이 들게나."

이윽고 식당 안은 음식 먹는 소리만 들릴 뿐 다른 소리는 들리지 않았다.

시간이 흘러 식사를 마친 두 사람은 능운비의 집무실로 자리를 옮겼다. 자연스럽게 의자에 앉은 능운비는 진유성을 한층 깊어진 눈으로 바라보았다.

"차 한잔 하겠나?"

"네!"

능운비는 탁자 가운데 있는 다기를 들어 진유성의 앞에 있는 찻잔에 차를 따랐다. 이내 방안에는 뜨거운 수증기와 함께 그윽한 향기가 퍼져 나갔다. 진유성은 잔을 들어 한 모금 들이마신 뒤 내려놓으며 말했다.

"흐음- 향이 정말 좋군요."

"차는 피로를 풀어줄 뿐만 아니라 머리를 맑게 해주는 효능도 있다 하니 시간이 날 때마다 마셔 보도록 하게!"

"알겠습니다."

진유성은 차를 한 모금 더 마시고는 말을 이었다.

"아! 그리고 이것은 지난번에 요청하신 자료입니다."

"생각보다 빨리했군…. 아무튼 수고했네."

능운비는 잔을 들지는 않고 한동안 쳐다보고만 있더니 말을 이었다.

"내가 자네를 보자고 한 것은 긴히 할 이야기가 있기 때문이네. 이번에 대륙신안동맹으로부터 넘겨받은 점포를 관리·감독할 총지배인으로 자네를 추천했네."

"예? 그게 무슨 말씀이십니까?"

진유성은 뜻밖의 말에 눈이 휘둥그레졌다. 현재 대륙신안동맹에 향후 장기적으로 성장이 기대되는 업종이다 보니 막대한 지원이 있을 것이라는 소문이 돌고 있었다. 그 때문인지 언제 올지 모르는 이 기회를 놓치지 않기 위해 소리 없는 전쟁이 벌어지고 있었다.

"임원들이 아직도 자네를 탐탁지 않게 보고 있다는 것을 잘 알고 있네. 그래서 이번 일을 맡기는 것이야. 그 누구도 이의를 제기하지 못할 만큼 확실한 성과를 보여주게! 그렇지 못할 경우 자네의 앞날이 어떻게 될지 말 안 해도 알 것이라 믿네."

"…………"

"지금이 일생일대의 위기이자 기회라 할 수 있네. 이 상황을 지혜롭게 극복하고 이기는 자만이 진정한 상인으로 거듭날 수 있다는 걸 명심하게!"

"예. 꼭 명심하겠습니다."

"그럼 자네만 믿겠네."

"기대에 어긋나는 일이 없도록 최선을 다하겠습니다."

점심시간이 지난 오후인데도 불구하고 동우루(東愚樓)에는 생각보다 많은 사람들로 붐볐다. 이 층은 비교적 한산 했는데 한 청년이 따사로운 햇살이 내리쬐는 창가 쪽에 앉아 차를 마시고 있었다. 그는 가주로부터 전서구를 받자마자 모든 일정을 정리하고 북경으로 올라온 천남명이었다. 북경에 도착한 건 열흘 전쯤 이었다. 지금까지 눈코 뜰 새 없이 바쁘게 진행되던 일이 마무리 되어 오랜만에 느긋한 여유를 즐기고 있었다. 한동안 너무 정신 없이 지내다 보니 차분히 뒤돌아볼 여유를 갖지 못했다. 이럴 때 일수록 한 박자 쉬어가는 여유, 살짝 돌아가는 느긋한 마음가짐 이 중요하다. 어떤 일이든 마음가짐 하나에 그 결과가 판이하게 달라질 수 있기 때문이다. 날로 치열해 가는 경쟁 속에서 살아남 으려면 지금보다 몇 배는 더 노력해야 할 것이다. 그렇게 되면 여유롭게 보내는 시간이 줄어들 것은 당연지사. 점점 인간다운 모습이 사라져 가는 궁핍한 삶을 살게 되는 건 아닌지 걱정이 앞 서는 건 어쩔 수 없었다. 천남명은 잔을 들어 한 모금 마셨다. 입안 가득 퍼지는 은은한 향에 잠시나마 시름을 잊게 해 주었다. 그때 언제 왔는지 맞은편 의자에 앉은 윤여준이 약간 걱정스러운 표정을 지으며 말했다.

"대체 무슨 생각을 하시기에 제가 온 것도 모르는 것입니까? 무슨 고민 있으십니까?"

"고민은 무슨…아무것도 아니네."

"아무것도 아니긴요! 지금까지 심각한 표정을 짓고 있었지 않았습니까?"

천남명은 그 말에 쓴웃음을 지었다.

"내… 내가 그랬던가?"

"네! 마치 세상의 고민을 다 짊어진 사람처럼. 도대체 무슨 일입니까?"

"뭐 특별한 건 아니고 그냥 앞일에 대해 생각하고 있었네."

"앞일에 대해서라…"

천남명은 잔을 두 손으로 감싸 쥔 채 김이 모락모락 피어오르는 수증기를 보며 말했다.

"자네도 알다시피 지금까지 숨 가쁘게 달려왔네. 물론 지금 내가 가는 길에 대한 후회는 없지만 왠지 이대로 가다간 내 정체성을 잃게 되는 건 아닌지 걱정이 드네."

"저도 그것 때문에 고민하고 있었는데….문제는 근본적으로 해결할 수 있는 방법이 없다는 것이죠."

다소 분위기가 무거워지자 천남명은 얼른 화제를 바꿨다.

"이제 그 얘긴 그만하고, 날 찾아 여기 온 이유나 말해보게!"

"드디어 기다리고 기다리던 연락이 왔습니다."

"뭣이? 그게 정말인가?"

전혀 예상치 못한 말에 천남명은 깜짝 놀라며 되물었다. 윤여준은 미소를 한번 짓고는 고개를 끄덕였다.

"네! 이 기쁜 소식을 빨리 전하기 위해 여기에 온 것입니다."

"그래 준비는 어떻게 됐나?"

"문제없이 완벽하게 끝냈습니다."

"좋아! 그럼 가지."

그리고는 자리에서 일어난 천남명은 일 층으로 내려가는 계단으로 발걸음을 옮겼다.

- 제 4장

천남명은 북경지점인 전가대원에 도착하자마자, 비상회의를 소집했다. 일각 정도의 시간이 흐른 후 참석인원이 모두 모이자 곧바로 회의를 시작했다. 천남명은 북경지점장인 전익수를 진지한 눈빛으로 바라보며 말했다.

"언제 연락이 왔습니까?"

"약 한 시진 전입니다. 정확한 시간과 장소는 추후에 따로 알려준다고 하였습니다."

"그럼 그 문제는 넘어가고….병부상서 오배의 일거수일투족을 유심히 관찰하고 있겠지요?"

"네! 조금이라도 이상이 있으면 즉시 보고토록 하였습니다."

전익수의 대답이 만족스러운 듯 천남명은 고개를 끄덕이며 말했다.

"이번 일을 기회 삼아 대륙상권의 주인으로 우뚝 서야 할 것입니다. 전 여기 계신 분들이 그 영광의 주역이 될 것임을 믿어 의심치 않습니다."

이어 자리에서 일어난 천남명은 깊은 신뢰의 눈으로 좌중을 한 번 돌아본 후 말을 이었다.

"모쪼록 마지막까지 최선을 다해 주시길 바랍니다. 그럼 이것으로 비상회의를 마치겠습니다. 모두 수고 하셨습니다."

북경에서 약 한 식경쯤 서북쪽 외곽으로 나가면 최고의 휴식공간인 향산공원이 나온다. 어떤 사람들은 산에서 향기가 난다고 향산(香山)이라고 말을 하기도 하지만, 노산(盧山:강서성 소재)의 향로봉과 닮아서 '향산'이라고 불리게 되었다. 향산공원은 전형적인 삼림공원으로 고목이 무성하고 원림이 그윽하며 경치가 아름답기로 유명하다. 공원으로 올라가는 계단 입구에는 청명한 날씨 덕분에 평소보다 많은 인파가 몰려 인산인해를 이루었다.

친구, 연인은 물론 가족 나들이 온 사람들도 제법 보였다. 천남명과 윤여준은 당나라 정관 때 건립되어 일명 와불사라고 하는 십방보각사로 곧장 향했다. 남쪽 기슭에 자리 잡고 있어서인지 도착해 보니 정오가 다 되어가고 있었다. 지객당주(知客堂主)에 옥패를 보여주자 곧 인적이 드문 곳으로 그들을 안내했다. 조금 더 가자 지어진 지 꽤 되어 보이는 전각이 모습을 드러냈다. 현판에는 <원통각(圓通閣)>이란 세 글자가 용이 비상하듯 힘 있게 새겨져 있었다.

"손님을 모셔 왔습니다."

"들어오시라 하게!"

"네! 어서 들어가 보십시오."

천남명과 윤여준은 지객당주와 짧은 인사를 마친 후 전각 안으로 들어갔다. 소박해 보이는 겉모습과 달리 깔끔하고 단정한 내부모습이 눈에 들어왔다. 아주 단조롭게 꾸며진 대청에는 오직 하나의 탁자와 의자 몇 개가 전부였다. 천남명이 안으로 들어서자 의자에 앉아 느긋이 차를 마시고 있던 중년인이 슬며시 고개를 들었다. 그리고는 잔을 탁자 위에 내려놓으며 말했다.

"어서 오게나. 자네가 오길 기다리고 있었네."

천남명을 맞이하는 중년인의 목소리는 마치 오랜 지기를 만난 것 마냥 매우 밝았다.

"처음 뵙겠습니다. 호부상서님! 기다리셨다니 그저 송구할 따름입니다."

중년인은 호부상서인 소극합이었다. 1661년 순치제의 임종 시, 색니·오배·알필륭 등과 함께 고명대신으로 임명되어 황태자 현엽 (강희제)을 황위에 올렸다. 또한 문제를 일으키던 장수 정지룡의 살해를 명하여 강희제의 신임을 얻었다.

소극합은 부드럽게 미소를 지으며 말했다.

"그럴 것 없네… 일단 자리에 앉게."

"네!"

그 말에 천남명은 조심스럽게 다가가 맞은편 의자에 앉았다. 소극합은 차를 한 모금 더 마시고는 말을 이었다.

"내가 생각했던 것보다 훨씬 젊군. 그건 그렇고 자네가 보낸 전서 잘 보았네. 실로 놀라운 계책이더군. 당장 실행해도 전혀 무리가 없을 정도이니 말이야."

"그리 말씀해 주시니 몸둘 바를 모르겠군요."

"언젠가 천성의 가주를 한번 만난 적이 있는데 전혀 주눅 들지 않고 당당하게 행동하는 모습이 참으로 인상적이었지. 지금 자네를 보니 그때가 생각나는군."

그때의 일이 생각나는지 소극합의 입가에 절로 미소가 지어졌다. 그 모습에 천남명은 약간 멋쩍은 웃음을 지으며 말했다.

"과분한 칭찬에 오히려 부끄럽습니다."

"겸손도 지나치면 질책을 받는 법일세!"

"네! 명심하도록 하겠습니다."

"나, 원. 그렇게 진지하게 받아들이는 건 또 뭔가. 농담일세, 농담."

천남명의 진지한 대답에 소극합은 너털웃음을 터뜨렸다. 그러다 이내 천남명의 검은 눈을 똑바로 바라보며 말했다.

"아무런 이익이 없는 일에 발 벗고 나설 리는 만무할 터, 그대들이 원하는 것이 무엇인가?"

"그건 이번 일이 성공하고 나면 그때 말씀드리겠습니다."

"좋아, 그리하게! 허나 이것 하나만은 명심하게. 과도한 욕심은 화를 불러온다는 것을 말이야."

"저희들도 잘 알고 있으니 그리 걱정하지 않으셔도 됩니다."

천남명의 믿음직스러운 말에 소극합은 수염을 쓰다듬으며 가볍게 고개를 끄덕였다. 그리고는 자리에서 일어났다.

"그럼 자네만 믿고 가보겠네."

"네! 그럼 살펴 가십시오. 멀리 나가지 않겠습니다."

따라 일어났던 천남명은 얼마 후 소극합이 대청을 나서자 자리에 다시 앉았다. 그리고 이내 깊은 상념에 빠져들었다.

가주에게 그간의 추진경과 및 향후 계획 등에 대한 보고를 마치고 천추전을 나온 진유성은 식당이 있는 쪽으로 발걸음을 옮겼다. 이런저런 생각을 하며 천천히 걷고 있는데 저만치 멀리서 누군가 다가오는 게 보였다. 무척 반가운 듯한 표정이었다. 점점 거리가 가까워지자 누군지 확연하게 들어왔다. 지난번 대륙신안동맹과의 협상 때 큰 도움을 준 만뇌각의 부각주인 손책이었다. 이윽고 진유성의 앞에 도착한 손책은 환하게 웃으며 말했다.

"이게 얼마 만입니까? 이러다 얼굴 잊어버리겠습니다."

"가까운 곳에 있으면서도 바쁘다는 이유로 한 번도 찾아가지 못해 미안하네."

"아닙니다. 저도 소문으로 들어 알고 있습니다. 총지배인이 되신 것 축하드립니다!"

"아무튼 다시 이렇게 보게 되니 반갑군그래. 그렇지 않아도 자네를 찾아가려던 참이었는데."

"저를 말입니까? 무슨 일로…"

손책이 의아해하며 궁금한 표정을 짓자 진유성은 의미심장한 미소를 지으며 말했다.

"그것보다 아직 식사 전이지?"

"네!"

"그럼 식사하면서 얘기를 나누도록 하세. 난 지금 배가 매우 고프거든."

그리고는 앞으로 걸어가자 손책은 옅은 미소를 지어 보이고는 그의 뒤를 뒤따랐다.

잠시 후 근처의 식당에 들어간 진유성은 음식을 시키고 나서 손책을 바라보았다.

"얼굴을 보아하니 또 밤을 샜나 보군."

"요즘 일이 많다보니 밤을 새우는 일이 잦아지더군요."

"전에 말했다시피 건강보다 중요한 것은 없다네. 아무리 바쁘더라도 내가 일러준 호흡법을 하루에 두 번 꼭 하도록 하게."

"그리하고 있으니 너무 염려 마십시오."

이어 손책은 앞에 있던 물을 한 모금 마시더니 진유성의 눈을 똑바로 쳐다보며 말했다.

"그건 그렇고 절 찾으려 한 이유가 무엇입니까?"

"그전에 대륙신안동맹에서 자네가 한 약속 잊지 않았겠지?"

"약속이라 하시면…. 섬서상방에 돌아가더라도 각주님을 도와드리겠다는 것 말입니까?"

"그렇네. 해서 자네를 찾으려 했던 것이야. 알다시피 이번에 큰 중책을 맡게 되었네. 내가 아무리 노력한다지만 그것도 한계가 있는 법, 이번 일이 반드시 성공할 수 있도록 자네가 옆에서 보좌해 줬으면 하는데…어찌 생각하는가?"

진유성의 조심스러운 물음에 잠시 고민하던 손책은 이내 더 생각할 것도 없다는 듯이 바로 대답했다.

"이런 좋은 기회를 제가 어찌 마다하겠습니까? 오히려 감사할 따름입니다."

"좋아! 가주의 허락도 있고 하니 당장 내일부터 내 집무실로 오도록 하게."

"알겠습니다."

그렇게 둘이 얘기하는 사이 어느새 주문한 요리들이 탁자 위를 가득 채우고 있었다.

네 마리의 말이 거친 숨결을 뿜어내며 마차 한 대를 이끌고 대륙신안동맹을 빠져나오고 있었다. 빠르지도, 그렇다고 너무 느리지도 않은 속도로 가고 있었다. 마차 안에는 두 명의 인물이 타고 있었는데 재정전주인 단우천과 천밀각주인 엽무검이었다. 턱을 쓰다듬으며 생각에 잠겨있던 단우천은 이내 고개를 들며 말했다.

"나를 찾는 연유가 뭔지 아는가?"

"그것에 대해선 전해 듣지 못했습니다."

"그래…뭐 가보면 알겠지."

단우천은 약간 무관심한 듯한 표정으로 대답을 하고는 창밖으로 시선을 돌렸다. 하늘엔 눈부신 햇볕이 내리쬐고 있었다. 이제 완연한 봄이었다. 어제는 때아닌 눈으로 다시 겨울이 오는가 싶더니 오늘은 언제 그랬냐는 듯 봄 햇살이 싱그럽게 빛나고 있었다. 서늘했던 바람 또한 제법 따스해졌다. 그래선지 지나가는 행인들의 얼굴에 활기찬 기운이 감돌고 있었다. 얼마 지나지 않아 승천관에 도착한 단우천과 엽무검은 관주실로 향했다. 정문 입구에서부터 부산히 오가는 관도들 덕분에 생각보다 좀 지체되긴 했지만 아직 시간적 여유는 남아 있었다. 1층 왼쪽 구석에 나 있는 계단을 통해 올라가는 동안 잠시 생각에 잠겼다. 승천관의 관주인 백선문과는 천무학관에서 동문수학한 절친한 친우였다. 서로 격의 없이 어울리며 보다 나은 미래를 위해 함께 고민하고 그 대안을 모색하기도 하였다. 비록 가는 길이 확연히 달랐지만 서로 간의 믿음과 우정은 10년 전이나 지금이나 변함이 없었다. 마침내 관주실 앞에 당도한 단우천이 가볍게 노크를 하자 안쪽에서 부드러운 음성이 대답했다.

"들어오게!"

익숙하고 반가운 목소리에 단우천은 살짝 미소를 지으고는 안으로 들어갔다.

집무실 의자에 앉아 산더미처럼 쌓인 서류를 검토하고 있던 백선문은 단우천이 안으로 들어서자 손에 들고 있던 서류를 내려놓으며 자리에서 일어났다.

"어서 오게!"

너무나도 태연한 모습에 단우천은 의아한 목소리로 물었다.

"나인 걸 알고 있었는가?"

"물론이지. 이 시각에 올 사람이라면 자네밖에 더 있겠는가? 아무튼 일단 자리에 앉게."

"그러지."

이윽고 두 사람은 원형 탁자를 사이에 두고 마주 앉았다. 단우천은 잠시 주위를 한번 둘러보더니 말했다.

"예나 지금이나 깔끔하게 정리하는 건 여전하군. 뭐 그런 성격 덕분에 오늘에 이르게 되었겠지만 말이야."

"그건 자네도 마찬가지라네. 나보다 더하면 더했지 덜하지는 않았을 것 아닌가?"

"허, 이야기가 그렇게 되는 건가…. 이제 이런 얘긴 그만하고 본론으로 들어가서 날 찾은 이유가 뭔가?"

단우천의 말에 백선문은 앞에 놓여 있는 물을 들어 한모금 마시고는 천천히 입을 열었다.

"알고 있는지 모르겠지만 한달 후면 졸업식이네. 가주님의 열정과 인내의 결실을 맺는 순간이기도 하지. 이제 그들 중 적재적소에 필요한 인물을 찾는 건 자네의 손에 달렸네."

"그리 말하니 더 부담되는군. 헌데 단순히 그 이야기 하려고 날 부르지는 않았을 터인데…"

그러자 백선문은 두툼한 서류를 내밀었다.

"받게나!"

"이게 뭔가?"

서류를 받아든 단우천이 의아해 하며 궁금한 표정을 짓자 백선문은 느긋하게 의자에 기대며 말했다.

"결정하는데 참고자료로 사용하라고 만든 것이네. 보면 알겠지만 능력보다 성품을 최우선적으로 고려하였네. 아무리 능력이 뛰어나도 성품이 뒷 받침 되지 않으면 결코 훌륭한 인재라 할 수 없지. 아니 그러한가?"

"지극히 맞는 말일세. 아무튼 이렇게 신경 써 줘서 고맙네. 언제 한번 시간 나면 연락 하게나! 내가 술 한 잔 사지."

"우리 사이에 무슨 인사치례까지….알겠네. 내 그리하지."

"그럼 그렇게 알고 이만 가보겠네. 이따 중요한 회의가 있어서 말이야."

"그리하게. 이번에도 멀리 나가지 않겠네."

"그럼…."

이윽고 단우천이 방을 나가자 백선문은 다시 집무책상에 앉아 서류들을 살피기 시작했다.

강희제가 재위 8년이 되던 해인 1669년 2월 10일.

　육경궁 대전(大殿)에 있는 오배는 20여 명의 무예가 뛰어난 시위들의 물샐틈없는 경호하에 있었다. 대전 밖에도 40여 명의 시위들이 화살을 조준한 채 만반의 준비를 갖추고 호시탐탐 오배를 노리고 있었다. 오배가 갑자기 달아날 것을 미연에 방지하기 위해서였다. 오배 또한 전혀 준비를 하지 않았던 건 아니었다. 그는 두루마기 속에 박래품인 금실로 짠 갑옷을 입고, 허리띠에는 비도 여섯 자루를 꽂았고 소매 속에는 철척 두 개를 숨기고 있었다. 그로서는 전신무장을 한 거나 다름없었다. 오배는 처음 이곳으로 향할 때는 좀 두근거리긴 했지만 별다른 이상한 점을 발견하지는 못했다. 그런데 궁문이 '쾅!'하고 닫히자 어쩐지 불길한 예감이 들기 시작했다. 그러나 사전에 이곳을 충분히 답사했고, 복병도 없다던 말을 떠올리며 마음을 다잡았다. 일이 이렇게 된 바에는 겁낼 게 아니라 당당해야 한다고 오배는 생각을 정리했다. 그는 가슴을 쭉 펴고 걸어가더니 대전 밖에서 큰 소리로 말했다.
　"노신 오배가 대령하였나이다."
　그리고는 곧 한발 다가서며 땅에 엎드렸다. 잠시 후 오배가 슬쩍 곁눈질을 해서 보니 위에는 강희 혼자만이 있는 게 분명한 것 같았다. 그제야 마음의 긴장을 조금은 풀 수가 있었다. 강희는 여느 때와는 달리 무릎을 꿇고 앉아 움직이지 않는 오배를 바라보며 차가운 웃음을 머금고 있었다. 한동안 팽팽한 긴장감이 대전을 무겁게 짓누르고 있었다. 한참 후에 강희가 먼저 운을 뗐다.

"오배. 그대가 무슨 죄를 지었는지 알겠나?"

정적이 흐르는 실내에 강희의 목소리가 쩌렁쩌렁 메아리처럼 울렸다. 전혀 예기치 않던 이 같은 말에 오배는 마치 날벼락이라도 맞은 듯이 머리며 귀며 온통 윙윙거렸다. 간신히 머리를 들어 보니 강희가 높은 어의에 앉아 한 손으로 보도를 움켜잡은 채 금세 불이 뿜어져 나올 것만 같은 두 눈으로 자신을 내려 보고 있는 게 아닌가! 뜻밖의 모습에 잠시 생각을 정리하는 듯하던 오배가 즉시 항변을 해왔다.

"뜬금없이 노신이 무슨 죄가 있다고 그러시나이까?"

그리고는 제멋대로 손을 툭툭 털며 일어나더니 잡아먹을 듯한 눈으로 강희를 똑바로 쳐다보았다.

"자네는 군주를 기만한 죄가 있어!"

강희는 기 싸움에서 조금도 밀리지 않고 위엄 있는 목소리로 말했다.

"사사로이 결탁하여 공신과 현자를 집중적으로 해코지하고 군주는 안중에도 없는 듯 맘대로 정령(政令)을 내려 대단한 음모를 꾸미고 있는 게 그럼 죄가 아니란 말인가?"

"무슨 증거로 이런 말씀을 하시나이까?"

"흥! 흥!"

강희는 이같이 콧소리를 내며 냉소했다.

"충분한 증거를 대줄 테니 기다려. 여봐라! 먼저 이자를 잡아 넣어라!"

강희의 명령이 떨어지기 무섭게 궁전 모퉁이의 장막 뒤에서 이무겸, 오용세, 지성기, 홍기선 등 네 명이 모습을 드러냈다. 그들은 피나는 무예연습을 통해 만만찮은 실력을 지니고 있었다. 이들은 살기등등한 기세로 칼을 뽑아들고 오배를 향해 다가갔다.

"하하하!"

그 순간 오배가 갑자기 목구멍이 훤히 들여다보일 정도로 미친 듯이 웃어대며 말했다.

"난 이래 뵈두 어려서 군대에 들어온 이래 온갖 싸움터에서 잔뼈가 굵은 사람이오. 이까짓 코털도 나지 않은 새파란 자식들을 시켜 날 잡아들이겠다고?"

오배의 말이 떨어지기 전에 이번에는 장막이 걷히면서 열 몇 명의 전신무장한 시위들이 두 눈을 부릅뜨고 달려 나왔다. 뜻밖이었다. 강희가 이토록 치밀하게 포위망을 펼쳐 놓았으리라고는 전혀 생각을 못했다. 놀라고 당황한 오배가 머리를 돌려보니 궁전 밖에도 시위들이 칼을 빼 들고 에워싸고 서 있었다. 순간 포기한 듯 눈을 스르르 감던 오배가 갑자기 소맷자락을 휘저으며 거의 발악에 가까운 소리로 말했다.

"왜 이래? 궁 밖은 벌써 내 세상이 돼버렸다고! 그래도 감히 덤빌 테면 덤벼 봐라!"

"그러지!"

이무겸이 포효하며 덤벼들어 재빨리 오배의 소맷자락을 낚아챘다. 오배가 손바닥으로 밀어내려고 했으나 이무겸은 벌써 날렵하게 몸을 피해 버렸다.

"여기도 있다!"

그 소리와 함께 오용세도 몸을 날렸다. 그뿐만 아니라 지성기와 홍기선도 각각 다른 방향에서 한 발짝씩 오배를 향해 다가왔다. 사람들이 많아질수록 불리하다고 느낀 오배가 소매 속에서 번득이는 철척을 꺼내 들더니 네 사람을 노리고 정신없이 휘둘러 댔다. 싸움은 일진일퇴를 거듭하면서 갈수록 치열해져 갔다. 오배는 이들과 대치하며 최후의 발악을 하고 있었지만 갈수록 기운이 없어 보이고 몸놀림도 예전 같지가 않았다. 잠시 한눈을 파는 사이 철척 하나를 지성기에게 빼앗기더니 곧이어 홍기선이 능수능란한 칼 놀림으로 오배의 손에 쥐어져 있던 다른 하나의 철척마저 저 멀리 날려 보냈다. 다급해진 오배는 두루마기를 쫙 찢어 내치더니 두 손 가득 비도를 꺼내 들고 마구잡이로 던졌다. 눈치 빠른 시위들이 급히 몸을 피했지만 오용세와 다른 한 시위의 다리엔 비도가 꽂히고 말았다.

"쿵!"

"윽!"

두 사람은 의지와는 무관하게 비명을 지르며 땅바닥에 쓰러지고 말았다. 이어서 또 하나의 비도가 강희를 향해 무서운 소리를 내며 날아갔다. 그야말로 절체절명의 순간이었다. 바로 그때 이무겸이 재빨리 손을 뻗어 공중에서 비도를 잡아챘다.

"오늘은 날개가 돋쳤다고 해도 우리 손아귀에서 벗어날 생각말아라! 어디 나랑 한번 통쾌하게 붙어보자!"

이무겸은 두 팔을 꼬며 유운팔괘장을 펼쳐 보였다. 그러자 오배가 주특기인 태극장으로 가볍게 이무겸을 건드려 보았다. 그러나 결코 만만치 않자 오배는 경각심을 높이지 않을 수 없었다. 그 순간 오배는 이기지는 못하더라도 시간만 끌고 있노라면 고재동과 황계수가 중원병을 데려올 것이라고 생각하고 있었다. 그렇게만 되면 반전을 시도하는 건 시간문제라고 생각하며 오배는 스스로 시간을 끌고 있었다. 이무겸 역시 '만주 제일의 용사'로 통하는 오배의 실력을 익히 아는지라 서두르지 않았다. 천천히 대치하면서 그의 체력을 소모시키는 작전을 폈다. 그런데 어느 순간부터 이무겸이 오배에게 자꾸만 밀리기 시작했다. 겁에 질린 듯 뒷 걸음을 치던 이무겸이 갑자기 비명소리와 함께 피를 토하며 뒤로 넘어졌다.

"악!"

순간 궁전 안에 있던 시위들은 너나 할 것 없이 큰 혼란에 빠져들었다. 갑자기 쓰러진 이무겸을 보며 흠칫 놀라는 기색을 보이던 오배가 어느 순간 정신을 가다듬으며 미친 듯이 웃어댔다.

"끝내는 나의 여아차를 마셨구나! 하하!"

눈치 빠른 두 명의 시위가 오배가 잠시 경계를 늦춘 틈을 타 덤벼들었다. 그러나 오배의 태극장을 가슴에 맞고 맥없이 쓰러졌다. 허수아비처럼 자신의 발치에 쓰러져 가는 시위들을 살기어린 눈으로 노려보던 오배가 이번에는 허리춤에서 철제 허리띠를 빼내어 두어 번 휘둘러 댔다. 그러자 실내에는 곧 쌩쌩 회오리바람이 일기 시작했다. 참으로 무서운 공격이었다. 단 한 번의 공격으로 상대의 목숨을 빼앗는 섬뜩한 살수였다. 그는 냉소를 머금은 채 한 발짝씩 서서히 강희에게로 접근해 갔다. 지성기와 홍기선이 재빨리 달려들어 오배를 막는 사이 위험을 느낀 강희가 어쩔 수 없이 시위들에 둘러싸여 몸을 숨기며 오배의 공격을 피하고 있었다. 정세는 강희 일행에게 대단히 불리했고, 자칫하면 오배 한 사람의 손에 의해 이 많은 사람이 놀아나는 격이 되고 말 위기일발의 순간이었다. 바로 이때 피를 토하며 땅바닥에 쓰러져 죽은 척하던 이무겸이 잉어처럼 몸을 힘차게 솟구쳐 일어나며 오배를 덮쳤다. 그리고는 오배가 주춤거리는 틈을 타 내공을 최대한 끌어올린 손으로 오배의 등을 사정없이 연이어 세 번 내리쳤다.

"그래 네 말이 맞아! 여아차를 마신 덕분에 이렇게 힘이 무진장 솟는구나!"

알고 보니 이무겸이 피를 토한 건 일부러 자신의 혀를 깨물었기 때문이었다. 연이어 세 번의 공격을 당한 오배는 가슴이 시큼해지는가 싶더니 짭짤한 느낌을 받았다. 거의 동시에 그의 입안에는 검붉은 피가 가득 고였다. 그는 한입 가득한 피를 힘껏 내뱉으며 마치 미친 사람처럼 무어라고 중얼거리며, 광기 어린 눈을 하고 철제 허리띠를 정신없이 휘둘러 댔다. 어쩔 수 없이 시위들은 조금씩 뒤로 밀려나기 시작했다. 혼자서 그렇게 많은 사람들과 싸우기 시작한 지도 몇 시간이 지났건만 여전히 지치지도 않고 펄펄 뛰는 오배를 바라보며 지성기는 모든 걸 떠나서 인간적으로 그의 무공에 탄복했다. 그러나 오배는 점점 기력을 잃어가는 자신을 추스르는데 실패한 듯 최후의 발악을 하며 소리쳤다.

"노적이 이 자리에서 죽는 한이 있더라도 끝까지 한번 해볼 테다. 어디 덤벼 봐라!"

마찬가지로 악에 받친 시위들이 우르르 오배를 향해 덮쳤다. 바로 그 순간 이무겸이 손가락을 입에 넣어 휘파람 소리를 냈다.

"휘익!"

그 소리를 신호로 오배를 에워싸고 있던 시위들은 일제히 오배의 옆을 떠나 멀찌감치 비켜섰다. 영문을 몰라 어리둥절해진 오배가 주춤거리는 사이 머리 위에서 뭔가가 드리워져 내려오는 게 보였다. 다시금 머리를 들어 확인하려던 찰나 커다란 그물이 와르르 쏟아져 내리며 오배를 덮쳤다. 오배가 아무리 무술이 뛰어나다 해도 금실과 삼베로 촘촘히 엮어 짠 그물에서 벗어날 수는 없었다. 그건 오배 자신도 얼마 동안의 몸부림을 거치면서 인정을 할 수밖에 없었다. 게다가 10여 명의 시위들이 달려들어 그의 몸을 마구잡이로 짓밟는 통에 오배는 결국 기절하고 말았다. 죽은 자의 그것을 연상시키는 창백한 얼굴에 식은땀이 송골송골 배인 채 간신히 숨을 내쉬고 있는 오배는 방금 전까지 날뛰던 그 오배가 아니었다. 강희는 차갑게 바라보며 말했다.

"모든 죄행을 낱낱이 들려줄 테니 기다려!"

이때 육경궁의 대문을 요란스레 두드리는 소리가 들렸다. 홍기선 등 열 명의 시위들이 일순 긴장하며 강희의 주변에 바짝 붙어섰다. 이무겸이 앞으로 나서며 큰 소리로 말했다.

"정창운의 사병이오? 오배는 이미 생포됐으니 자네들은 그만 가 봐도 되겠네."

밖에서 문을 두드리던 사람은 과연 더 이상 문을 두드리지 않았다. 이무겸의 말을 듣고 자리를 뜬 게 분명했다.

"홍군!"

강희가 궁의 담 벽을 가리키며 지시했다.

"자네 좀 올라가 보게!"

"네!"

홍기선이 즉각 대답하며 옆에 있던 친병의 손에서 긴 창을 받아들고 공중제비를 하더니 이내 담 위로 올라갔다. 그리고는 밖을 내다보고 나서 강희에게 아뢰었다.

"정창운의 병사들이 도착했나이다."

순간 강희는 크게 기뻐하며 말했다.

"어서 문을 열어라!"

강희의 말이 끝나기 바쁘게 누군가가 달려가 문을 활짝 열었다. 밖에는 정창운과 그의 병사들이 새카맣게 모여 꿇어앉아 있었다. 강희가 궁 안에서 의기양양한 모습으로 걸어 나오는 모습을 발견한 이들은 일제히 두 팔을 쳐들며 연호했다.

"만세!"

"만세!"

"만만세!"

강희의 얼굴은 흥분으로 인해 발갛게 상기됐다. 그는 빠른 걸

음으로 다가가 맨 앞에 꿇어앉아 있는 정창운을 부축해 일으켜
세우며 말했다.

"정말 수고 많았소!"

그리고는 손을 크게 저으며 말을 이었다.

"장령 여러분들도 수고 많았네. 갑옷을 입고 있어서 불편할 텐
데 어서 일어들 나게!"

"황제 폐하 만만세!"

호위총관인 김영수가 가슴을 쭉 펴고 으쓱한 표정을 지으며 큰
소리로 말했다.

"폐하께서 계가하신다!"

노란색 어가는 벌써부터 그곳에서 대기하고 있었다. 어가에 올
라탄 강희는 당당하게 외쳤다.

"건천궁으로 가자!"

- 제5장

"지금부터 제1회 졸업식을 시작하겠습니다. 학부모 여러분과 졸업생, 재학생들은 모두 자리에 앉아 주시기 바랍니다."

사회를 맡은 모용천의 말에 소란스러웠던 장내가 일순 조용해 졌다. 바늘 하나 떨어지는 소리까지 들릴 거 같은 분위기가 되자 모용천은 이내 말을 이었다.

"그럼 먼저 관주님의 회고사가 있겠습니다."

이윽고 단상에 나온 백선문은 잠시 주위를 둘러 본 후 말했다.

"존경하는 포문생 가주님, 내외 귀빈 그리고 교직원과 학생 여러분! 이 뜻깊은 졸업식에 자리를 함께해 주셔서 대단히 감사합니다. 오늘의 졸업생들은 그동안 자신이 품었던 포부를 실현하고자 열심히 학업에 정진해 왔고, 그 결과 이 자랑스러운 자리에 서게 되었습니다. 졸업생 여러분의 노고와 성취에 대해 찬사를 보냅니다. 그리고 이 자랑스럽고 훌륭한 인재들을 사랑과 희생으로 뒷바라지해 오신 학부모님 여러분께 축하와 감사의 말씀을 드립니다. 또한 졸업생들의 오늘이 있기까지 열과 성을 다해 지도해 오신 스승님과 직원 여러분께도 깊은 경의를 표합니다.

사랑하는 졸업생 여러분!

우리는 지금 위기의 계곡을 지나고 있습니다. 경제적 어려움은 물론 정치 사회적 여건도 순탄치 않습니다. 여러 가지로 어려운 이때에 졸업생 여러분을 떠나보내게 되어 안타까운 마음입니다. 그러나 아무리 혹독한 겨울도 새로이 다가오는 봄을 막지 못하는 법입니다. 어려운 때일수록 기본으로 돌아가 다가올 미래를 위해 착실하게 준비해야 하겠습니다. 학업을 계속하거나 학교의 품을 떠나 사회로 진출하거나, 우리 모두에게 미래는 불확실하기만 합니다. 인생을 살아가는 데에는 의외로 많은 시련이 닥칠 수도 있습니다. 그러나 이 불확실성 속에 인생의 보람이 숨겨져 있고, 그것을 찾으려면 무엇보다도 기본에 충실해야 합니다. 늘 겸허히 자신의 소양과 인격을 도야하고, 긍정적이고 낙관적인 자세로 세상을 헤쳐 나아간다면 미래는 반드시 여러분 편일 것입니다.

친애하는 졸업생 여러분!

오늘 이 자리에 있는 여러분이야말로 세상에 활력을 불어넣어 줄 희망입니다. 그래서 우리는 여러분의 힘찬 발걸음에 주목합니다. 여러분이 한낱 작은 성취에 만족하지 않고 세상에 크게 기여할 우람한 동량(棟樑)으로 자라나기를 기대합니다. 예로부터 "빨리하고자 하면 결국 도달하지 못하고, 작은 이익을 탐하면 큰일을 이루지 못한다"고 했습니다. 우리는 오늘 이곳을 떠나는 여러분이 자신의 이익에 집착하는 작은 인재가 아니라, 끊임없이 정진하여 진정 큰 그릇으로 성장하는 것을 지켜보고자 합니다. 졸업생 여러분, 모교와 함께 저 미래를 향해 원대한 도전의 대 항해를 시작합시다. 여러분을 가르칠 수 있어서 참으로 보람 있고 행복했습니다. 졸업생 여러분 모두의 앞날에 축복과 영광이 늘 함께하기를 바랍니다. 감사합니다."

긴 회고사가 끝나자 누가 먼저라 할 것 없이 큰 박수가 터져 나왔다. 백선문이 자기 자리로 돌아가자 모용천은 다음 식순을 진행했다.

"다음은 포문생 가주님의 축사가 있겠습니다."

그 말에 포문생은 자리에서 일어나 연단 위로 올라갔다. 그리고는 미리 준비된 원고를 꺼내 내려놓고는 차분하게 목소리를 가다듬었다.

"동백의 향기 가득한 교정에서 공사 간 바쁘신 중에 이 자리를 빛내 주시기 위해 오신 내외 귀빈을 모시고 역사적인 제1회 졸업식을 맞이하여 축사를 올리게 된 것을 무한히 영광스럽게 생각합니다. 또한 4년 동안 밤낮을 가리지 않고 지도하여 주신 관주님 이하 여러 스승님들의 노고에 심심한 감사와 경의를 표하는 바입니다.

자랑스러운 졸업생 여러분!

이제 여러분은 더 넓은 세상, 더 깊은 배움의 길로 접어들게 됩니다. 사람은 태어날 때부터 자기가 해야 할 일, 직업이 미리 정해져 있는 것이 아닙니다. 훌륭한 일을 해낸 분들은 나름대로 수많은 어려움을 이겨내면서 포기하지 않고 '할 수 있다'는 자신감을 가지고 자기를 이겨내어 훌륭한 업적을 쌓은 것입니다. 평소 작은 일에서부터 '나도 할 수 있다'고 스스로 격려하며, 내 스스로 해내고야 말겠다는 야무진 마음으로 새로운 생각을 해낸다면, 앞으로 여러분에게 다가올 어떠한 어려움과 시련도 이겨 나갈 수 있게 될 것이며, 여러분의 꿈과 희망을 한 발짝 더 키워 나갈 수 있을 것입니다.

친애하는 졸업생 여러분!
승천관 제1회 졸업생이 되는 여러분의 책무는 무겁습니다. 어느 누군가가 자신을 대신하여 살아줄 수는 없으며 한번 흘러간 시간은 되돌아오지 않습니다. 부디 그동안 갈고 닦은 바를 잘 활용하여 자기가 맡은 일에 최선을 다하며 겉보다 속을 더욱 알차게 가꿀 수 있도록 부단히 노력하여 주시기 바랍니다. 저는 졸업생의 뒤를 지켜보는 동백 가족의 한 사람으로서 여러분의 앞날에 무한한 영광과 축복이 함께하길 기원합니다."

포문생이 축사를 마치자 다시 한 번 장내는 환호성과 박수가 터져 나왔다. 이윽고 박수소리가 어느 정도 잦아들자 모용천은 다음 식순을 진행했다.

"이어서 졸업장 및 상장 수여가 있겠습니다. 이름이 호명된 졸업생은 단상 위로 올라와 주시기 바랍니다. 현무단(玄武團)의 단주인 문성진!"

　여느 때와 마찬가지로 맨 앞줄에 앉아 있던 문성진은 자신의 이름이 호명되자 의연하게 한 걸음 한 걸음 단상 위로 올라갔다. 문성진은 '노력이 실력이다'라는 좌우명을 가지고 철저한 자기관리와 노력으로 전체수석의 영광을 차지하였다. 이윽고 졸업장과 상장수여가 끝나자 모용천은 폐회를 선언했다.

　"이것으로 졸업식을 모두 마치겠습니다."

　'하늘을 나는 새도 떨어 뜨린다'는 말이 있을 정도로 무소불위의 권력을 휘두르던 오배가 사로잡혔다는 소식이 전해지자, 천남명은 곧바로 비상회의를 소집했다. 일각 정도의 시간이 흐른 후 참석인원이 모두 모이자 회의를 시작했다. 천남명은 북경지점장인 전익수를 진지한 눈빛으로 바라보며 말했다.

　"호부상서로부터 아직 아무런 연락이 없습니까?"

　"네!"

　"흠… 아무튼 언제 갑자기 연락이 올지 모르니 절대로 긴장의

끈을 놓아서는 아니 될 것입니다. 특히 여러분들은 사안의 중차
대함을 단 한시도 잊어서는 안 될 것입니다."

"명심하겠습니다."

흡족한 미소를 지으며 고개를 끄덕이던 천남명은 앞에 놓여 있
는 물을 한 모금 마시고는 말했다.

"제가 알아보시라 한 것은 어찌 됐습니까?"

"알아본 결과 크게 문제 될 것 같지 않습니다."

"그래요. 그거 잘 됐군요!"

천남명은 팔짱을 끼며 의자에 등을 편히 기대었다. 그리고는
다시 입을 열었다.

"이제 공은 우리에게 넘어왔습니다. 반드시 우리의 요구를 그
대로 받아들일 수밖에 없는 이유를 찾아야 합니다. 시간이 그리
많지 않으니 서둘러 주세요."

"네!"

"그건 그렇고 일승창의 분점이 이곳에도 개설된다는데…."

그 말에 윤여준은 잠시 서류를 뒤적이더니 답했다.

"천진, 항주, 중경은 이미 개설되었고 이곳 북경은 한 달 전부
터 개설 착수에 들어갔다고 합니다."

"어느 정도 예상은 하고 있었지만 설마 이 정도일 줄이야….
역시 내 선택은 틀리지 않았어! 진행에 차질이 없도록 자네가 각
별히 신경 쓰도록 하게."

"알겠습니다."

천남명은 주위를 천천히 둘러보더니 말했다.

"그동안 무더위에 고생하신 것 더 큰 결실과 보람으로 이어질수 있도록 조금만 더 노력합시다. 그럼 오늘 회의는 이것으로 마치겠습니다."

그로부터 사흘 후 호부상서로부터 전서가 당도했다. 지난번 그 장소에서 다시 만나자는 것이었다. 얼마 지나지 않아 약속한 날짜가 되자 천남명은 늦지 않기 위해 예정보다 조금 일찍 출발했다. 십방보각사에 도착하자 원통각으로 안내받은 천남명은 심호흡을 한 번 하고는 안으로 들어갔다. 안으로 들어서자 의자에 앉아있던 소극합이 반갑게 맞이했다.

"어서 오게! 일단 자리에 앉지."

"네!"

그 말에 천남명은 조심스럽게 다가가 맞은편 의자에 앉았다.

"오랜만입니다. 그간 강녕하셨습니까?"

"잘 있다마다. 자네로 인해 요즘 하루하루가 아주 즐겁다네."

"그리 말씀해 주시니 황공할 따름이옵니다."

소극합은 얼굴 가득히 온화한 미소를 지으며 말했다.

"그럼 이젠 자네가 원하는 것을 들을 차례이군. 아! 그 전에이 말부터 해야겠군. 이번 일로 인해 폐하께서 자네에 대한 관심이 매우 크시다네. 이건 아주 중요한 일이네. 만약 폐하의 마음을 사로잡기만 한다면 자네가 이루고자 하는 바를 빨리 이룰 수 있을 테니까 말이야. 그러니 잘 생각해서 말하도록 하게!"

"진심 어린 충고 감사합니다. 허나 저희들이 원하는 것은 조정에도 득이 되는 일이니 너무 염려 마십시오!"

"득이 되는 일이라…그것이 무엇인가?"

소극합이 흥미로운 표정을 짓자 천남명은 최대한 냉정하고 침착하게 말했다.

"정성공의 반란이 진압되자 해금정책을 해제하여 자유로운 상품교역이 이루어진 듯 보이나 실상은 전혀 그렇지 못합니다."

"그렇지 않다면 어떻다는 것인가?"

"지금 현재 광저우[廣州港] 항에만 교역이 이루어지고 있습니다. 그러다 보니 선택의 여지 없이 그들이 정한 가격대로 거래를 할 수밖에 없고 이는 결국 비용부담을 증가시키는 악순환으로 이어지고 있습니다."

천남명은 잠시 사이를 두었다가 다시 말을 이었다.

"이러한 상황을 그대로 방치할 경우 그 폐해는 지금과는 비교할 수 없을 정도로 훨씬 심각해질 것입니다."

"그래서 원하는 것이 무엇인가?"

"선의의 경쟁을 통해 보다 저렴한 가격에 최상의 품질을 제공할 수 있도록 저희에게 해상교역권을 주십시오!"

"자네 방금 뭐라고 했나? 해상교역권?"

"네! 그렇습니다."

전혀 예상치 못한 말을 들은 소극합은 약간 당황한 듯했으나 이내 평정심을 되찾았다. 그리고는 날카로운 눈빛으로 바라보며 말했다.

"단지 그 이유 때문인가? 아까 듣기론 조정에도 득이 되는 일이라 했던 것 같은데…"

"맞습니다. 분명 그리 말했습니다."

"그럼 왜 그렇게 되는지 뜸 들이지 말고 어서 말해보게!"

"알아보니 교역되는 상품에 부과되는 세금, 즉 관세를 관련법령에 따라 정해진 기간 내에 내도록 되어 있더군요. 헌데 무슨 연유인지 그것이 잘 지켜지지 않고 있습니다."

천남명은 앞에 놓여있는 물을 한 모금 마시고는 다시 말을 이었다.

"또한 이를 관리·감독할 월해관(月海關)에서는 아무런 대책도 마련하지 않은 채 수수방관만 하고 있는 실정이다 보니 국가의 세수가 점점 줄어들 수밖에 없었던 것입니다."

"월해관에서는 왜 수수방관만 하고 있단 말인가?"

"자세한 이유는 모르겠지만 감히 추측건대 자기들의 잇속이나 차리려고 서로 결탁하였을 가능성이 높습니다. 이것을 해결하기 위해선 광저우항 이외의 다른 곳에 교역을 할 수 있도록 해야 할 것입니다."

"그래서 해상교역권을 달라 한 것이군."

"그렇습니다. 이로 인해 지역상권 활성화 및 고용창출, 세수증대 등에 큰 기여를 하게 될 것입니다. 저희의 요구를 들어 주실 수 있는 것입니까?"

"흠…"

눈을 감고 오랫동안 깊은 생각에 잠겨있던 소극합은 이내 눈을 뜨고 말했다.

"이건 나 혼자 결정할 사안이 아닌 것 같군. 허나 조정에 득이 되는 건 분명한 사실인 듯 하니 폐하께 긍정적으로 말씀드려 보겠네."

"고맙습니다. 부디 좋은 소식이 오길 기다리겠습니다."

"그럼 난 일이 있어서 이만 일어나 보겠네."

"예! 그럼 살펴 가십시오."

따라 일어났던 천남명은 얼마 후 소극합이 대청을 나서자 자리에 다시 앉았다. 그리고 이내 깊은 상념에 빠져들었다.

시기상으론 봄이지만 햇살은 이미 여름의 초입에 들어섰음을 알리고 있었다. 가주께 최종 결과보고를 마치고 천추전을 나온 진유성은 곧바로 자신의 집무실로 향했다. 이윽고 집무실 안으로 들어서자 서류를 정리하고 있던 손책이 고개를 들며 말했다.

"가신 일은 어찌 됐습니까?"

"다행히 우리의 계획대로 움직이게 됐네. 허니 그 기대에 어긋나지 않도록 최선을 다해야 할 것이야."

"그야 이를 말입니까? 이미 모든 준비를 완벽하게 마쳤으니 걱정 마십시오."

손책은 진유성의 눈을 똑바로 응시하며 계속 말을 이었다.

"그럼 언제 출발하는 것입니까?"

"늦어도 닷새 후면 출발할 수 있을 것이네."

"닷새 후라⋯. 알겠습니다. 그리 알고 있겠습니다."

진유성은 흡족한 미소를 지으며 고개를 끄덕였다.

"내 자네만 믿고 있겠네."

한편 그 시각, 대륙신안동맹에서는 다음 미래를 책임지고 이끌어 갈 참신하고 역량 있는 인재들을 찾고 있었다. 그래서 다른 곳과 마찬가지로 재정전의 대기실에는 1차 서류심사를 통과한 15명이 가만히 앉아서 자기 차례가 오기만을 기다리고 있었다.

"문성진님 안으로 들어오세요."

그 말에 맨 앞에 앉아있던 인물이 자리에서 일어났다. 어깨까지 내려오는 짧으면서도 긴 듯한 흑발, 작고 갸름한 얼굴선, 그 얼굴 위에 흑요석처럼 촘촘히 박혀있는 검은 눈동자 등 전체적으로 이목구비가 그린 듯이 선명하였다. 어디 하나 빠지지 않으니 모두의 시선이 그리로 가는 건 어쩌면 당연한 일이었다. 문성진은 최대한 천천히 걷는 동안 다시 한 번 마음을 다잡고는 문을 열어 안으로 들어갔다. 회의실로 사용되어지는 듯 중앙에 고급 원목으로 만든 긴 탁자가 놓여 있었다. 따뜻한 오후 볕이 방 구석구석까지 비춰 전체적으로 포근한 느낌을 주고 있었다. 이윽고 고개를 돌리자 한 중년인이 자리에 앉아 있는 게 보였다. 그러자 문성진은 고개를 숙이며 말했다.

"안녕하십니까? 문성진이라 합니다."

"자리에 앉게!"

"네!"

문성진은 조심스럽게 다가가 맞은편 의자에 앉았다. 그 모습을 보고 있던 단우천은 이내 탁자 위에 놓여 있는 서류를 한 장 집어 들었다. 그 서류에는 지원자의 간단한 인적사항이 기록되어 있었다. 단우천은 잠깐 살펴보고는 말했다.

"승천관을 수석으로 졸업했군. 결코 쉽지 않은 일이었을 텐데 대단하군."

"과찬의 말씀이십니다."

"그렇다고 마음을 놓지 말게. 여긴 그것을 그리 중요하게 여기지 않으니 말이야."

"그 말씀 명심하겠습니다."

단우천은 문성진의 눈을 똑바로 바라보며 말했다.

"좋아! 그럼 본론으로 들어가서 이곳에 지원하게 된 이유가 무엇인가?"

"물고기는 물속에 있어야 능력을 발휘할 수 있듯이, 저 또한 제가 가진 능력을 가장 잘 발휘할 수 있는 곳에 있어야 한다고 생각합니다. 대륙신안동맹의 중추적인 역할을 담당하고 있는 이곳에서 좀 더 큰 시장을 바라보고, 누군가 가는 길을 쫓기보다는 내가 먼저 그 길을 개척하고자 이렇게 지원하게 되었습니다."

문성진의 대답에 단우천은 가볍게 고개를 끄덕이고 바로 다음 질문으로 넘어갔다.

"만약 상사와 의견이 다를 때 어떻게 할 것인지 말해보게!"

복잡한 조직체 안에서 얼마나 조화를 이룰 수 있는가를 묻는 질문이기에 과연 어떤 대답을 할지 궁금해졌다.

"제 의견을 논리적이면서도 예의에 어긋나지 않게 말씀드리고, 그 후 다시 상사의 의견을 경청합니다. 제 의견이 잘못되었을 수도 있으나 제가 도무지 납득이 안 되는 의견일 때에는 무조건 상사의 의견대로 따른다고 해서 바람직한 일이 아니라고 생각합니다. 시간을 두고 심도 있게 이야기를 나누어 보겠습니다."

"자네라면 직무상의 적성과 보수의 많음 중 어느 것을 택하겠나?"

"보수라는 것은 노력의 대가로서 주어지는 것이므로 물론 중요합니다. 하지만 일을 한다는 것, 직장을 갖는다는 것이 단지 보수를 위한 것만은 아니라고 생각합니다. 가장 먼저 고려해야 할 것은 일의 내용, 즉 내가 하게 될 일이 나의 적성에 얼마나 맞고 얼마나 내 실력을 발휘할 수 있느냐 하는 것입니다. 그런 다음 그에 합당한 대가를 받을 수 있다면 더욱 좋겠습니다."

단우천은 탁자 위에 놓인 종이에 무엇인가를 적는가 싶더니 이 내 펜을 내려놓고 편하게 의자에 몸을 기댔다. 그리고는 잔잔하 게 미소 지으며 말했다.

"끝으로 할 말이나 질문이 있으면 하게!"

"오늘 아침, 집을 나서던 저를 문밖까지 배웅해 주시던 어머님 의 모습이 눈에 선합니다. 오늘 이 자리가 저를 키우느라 여태껏 고생만 하신 저희 어머님께 합격의 기쁨을 안겨드리는 자리가 된 다면 더 이상의 큰 기쁨은 없을 것 같습니다."

"수고했네! 최종합격자는 보름 후에 발표될 것이네."

"감사합니다."

문성진은 자리에서 일어나 깍듯이 고개 숙여 인사를 한 후 곧 바로 방을 빠져나왔다. 그 모습을 바라보던 단우천은 이내 다음 응시생의 자료를 살펴보기 시작했다.

그로부터 닷새 뒤 진유성과 손책은 새로운 도전이 기다리고 있 는 사천성으로 출발했다.

하나의 큰 문제가 해결되자 뒤이어 나타난 난제가 '삼번의 난'
이었다. 번이라는 말은 '울타리'라는 말이다. 다시 말해 청조의 울
타리라는 의미다. 본래 청조 초기에는 남쪽 지방에 세 왕을 봉하
였다. 운남과 귀주지방을 맡은 평서왕에는 오삼계가, 광동은 평남
왕에 봉해진 상가희가, 복건지방은 정남왕에 봉해진 경중명 등이
었다. 이 가운데 가장 강성한 세력은 오삼계였다. 그의 일파들은
자신들의 세력을 믿고 함부로 날뛰었다. 또한 청나라 조정에 대
해서도 뒤틀린 심사를 보였기 때문에 백성들 역시 말을 듣지 않
았다. 더욱이 반청 세력을 이들이 갈무리하여 자신들의 세력권
안에 넣었기 때문에 함부로 다룰 수가 없었다. 허나 강희제가 즉
위하였을 무렵에는 반청 세력들은 말끔히 청소가 되었으므로 남
은 것은 이들 삼번뿐이었다. 이때 평남왕에 봉해진 상가희에게
소가 올라왔다. 그것은 고향에 대한 향수로 인해 자신은 은퇴하
여 고향에서 여생을 보내고 싶다는 것이었다. 문제는 그의 아들
상지신이었다. 청나라 조정에서는 귀향하는 것은 허락했지만 평
남왕의 자리를 아들에게 계승하는 것은 허락하지 않았다. 이것은
번왕들의 세력을 약화시키려는 강희제의 고육지책이었다. 이렇게
되자 다른 번왕들에게도 충격을 주었다. 해서 그들은 조정에서
취한 일련의 조치 가운데 번왕에 대한 예우를 당대에만 하는 것
인지, 아니면 계승하는 것인지를 물었다. 또한 이번 조치가 상가
희 부자에게만 국한하는 것인지에 대한 확답을 달라는 내용을 보
냈다. 조정에서는 이를 놓고 회의가 열렸다. 이 무렵 강희제는 스
무 살의 청년이었다. 대신들은 말했다.

"조정에서 그들의 공을 인정하지 않고 당대에만 번왕을 인정한다면 저들은 분명 반기를 들 것입니다. 그러므로 당대에만 국한한다는 내용은 거두어야 합니다."

그러나 병부상서 미시한등은 이번 기회를 오히려 명분 있는 호기로 잡았다.

"저들이 공을 세웠다고는 하나 그것은 명나라의 숨통이 끊어지기 직전의 배신행위에 불과한 것입니다. 본디가 의로운 결단이라고는 볼 수 없습니다. 만약 이번에 강력하게 밀어붙이지 못한다면 저들 삼번왕들은 은밀히 세를 규합하여 청조에 대항하려 들 것입니다. 그러므로 당대에 국한한다는 칙지를 내리고 저들의 움직임을 관망해야 될 줄 믿습니다."

한동안 깊은 생각에 빠져 있던 강희제는 자신의 뜻을 밝혔다.

"삼번왕 가운데 오삼계는 진즉부터 청조와 부딪쳐 왔으니 이번이 아니라 해도 반드시 모반할 것이오. 그럴 바엔 그들로 하여금 모반의 실마리를 주어 일찌감치 난을 일으키도록 하는 게 좋을 것이오. 썩은 살은 서둘러 제거해야 이로운 것이니."

황제의 칙지를 받아든 오삼계의 얼굴은 분노로 일그러졌다. 그는 먼저 청조에서 내렸던 왕작과 의관을 벗어 던졌다. 그리고 30년 전에 걸쳤던 갑주로 무장했다. 이후 형주로 옮겨가 그곳을 정천부라 고쳐 부르고 즉위식을 올렸다. 나라 이름은 '주', 연호는 '소무'였다. 요란스럽던 그의 행장과는 달리 그는 뜻밖에 목숨을 잃었다. 물론 노환이었다. 즉위한지 불과 5개월 만의 일이었다. 그러나 세상을 떠날 때 그의 나이가 67세라는 것을 감안한다면 결코 외로운 죽음은 아니었다. 오삼계가 죽자 그의 부장들은 운남에 있던 오세번을 맞아들여 그를 황제로 옹립했다. 연호도 홍화로 고쳤다. 이때 반란군의 행동을 관망하던 상지신은 이미 대세가 판가름났다고 판단, 반란군을 토벌하기 위해 병력을 출동시켰다. 때맞춰 청군에서도 총공격을 감행하여 반란군의 숨통을 누를 기세였다. 형주가 점령되고 오세번은 운남으로 까지 도망쳤지만 얼마 안 가 청나라 대군에게 포위되자 자살함으로써 생을 마감했다. 상지신은 오삼계가 죽은 후 병력을 움직였다는 죄를 물어 처형되었다. 또한 경정추에게도 다섯 가지 죄목을 붙여 목숨을 빼앗았다. 이로써 '삼번의 난'은 막을 내렸다. 이후 강희제는 수군제독 시랑으로 하여금 대만을 공격하게 하였다. 이때 항복한 정극상은 북경으로 이송되었으나 강희제는 그의 죄를 사해 주는 한편 한군공에 봉하여 북경에서 살게 하였다. 이렇게 해서 명실공히 청나라는 중국 대륙을 통일하게 되었다.

- 에필로그

천명전 안에는 좀 이른 시간임에도 불구하고 벌써부터 많은 사람들로 붐비고 있었다. 상석에는 가주인 천인성과 천남명, 총관을 제외하고 다섯 명의 남녀, 즉 오대봉공이 자리하고 있었다. 어느덧 시간이 흘러 미시가 되자 총관인 오독충이 단상으로 향했다.

"그럼 제25회 천성대전을 시작하도록 하겠습니다."

그 말에 이런저런 잡담을 나누던 사람들이 고개를 돌려 오독충을 바라보았다. 이윽고 장내가 조용해지자 2/4분기까지 천성의 실적현황 보고가 이어졌다. 올해 매출액과 영업이익이 전년 하반기 대비 크게 늘어났다. 시장지배력 확대와 함께 잠재수요 증가로 순이익이 팔백 만 냥으로 천성 사상 최대 실적을 기록한 것이다. 이것은 그 누구도 예상치 못한 결과였기에 참석자들은 놀라움에 입을 다물지 못했다. 이윽고 보고를 마친 오독충은 주위를 둘러보며 말했다.

"그럼 궁금한 점이나 기타 의견이 있으면 말씀해 주십시오!"

허나 예상 밖의 보고 때문인지 누구 하나 먼저 입을 여는 사람이 없었다. 특히 오대봉공들은 적잖은 충격을 받은 듯했다. 그 모습에 천인성은 희미하게 미소를 지었다. 초반부터 기선을 제압하는데 성공하였기 때문이다. 이 기세를 몰아 목적한 바를 달성해야 할 것이다. 오독충도 그걸 느꼈는지 자신을 바라보자 가볍게 고개를 끄덕여 주었다. 그것을 본 오독충은 이내 고개를 돌려 앞을 쳐다봤다. 그리고는 예의 굵은 목소리로 말했다.

"오늘 천성대전을 소집하게 된 것은 그동안 미루어 둔 후계자 문제를 확정 짓기 위해서입니다."

"바… 방금 뭐라고 했는가? 후계자?"

"네. 이젠 더 이상 미룰 일이 아니기 때문입니다."

관중민은 뭐라 반박하고 싶었지만 마땅한 말이 생각나지 않았다. 그는 미간을 좁히며 말했다.

"한 집단의 수장으로서 갖춰야 할 자질과 능력을 충분히 검증되지 않은 상태에서 이 문제를 논의한다는 건 그야말로 어불성설이오. 허니 그 안건은 없던 일로 해야 할 것이오."

"다른 분들도 같은 생각이십니까?"

그 말에 참석자들은 꿀 먹은 벙어리 마냥 입을 꾹 다물고는 괜히 애꿎은 서류만 뒤적거리는 것이었다. 그 모습에 오독충은 회심의 미소를 지었다.

"그럼 동의하지 않는 것으로 알고 계속 진행하겠습니다. 다들 알다시피 후계구도가 정해지지 않으면 안정적인 정국운영이 어렵습니다. 그것은 결코 좋은 일이 아닙니다. 허니 반드시 오늘 후계자 문제를 매듭지어야 할 것입니다."

오독충은 그렇게 기염을 토했고 참석자들은 기침 소리 하나 없이 그의 다음 말을 기다렸다.

"소가주님이 창업한 일승창은 전국 오십여 곳의 지점을 갖출 정도로 비약적인 성장을 보여주고 있습니다. 더욱이 비교할 곳이 없을 정도로 독보적인 위치를 차지하고 있어 앞으로도 계속 상상을 초월하는 실적을 기록할 것으로 예상하고 있습니다. 허나 이것은 시작에 불과합니다."

그리고는 단상에서 종이 한 장을 들어 올렸다.

"참석해 주신 분들 모두 여기를 주목해 주십시오!"

"그것은 무엇인가?"

"이건 조정에서 우리에게 해상교역권을 주기로 최종 결정하였음을 알리는 문서입니다."

"그게 무슨 말인가? 해상교역권이라니?"

순간 장내는 마치 찬물을 끼얹은 것처럼 조용해졌다. 오독충은 계획한 일이 순조롭게 진행되자 만족스러운 표정을 지었다. 이어 아직도 믿기지 않은 듯 충격에 휩싸여 있는 사람들을 바라보며 말했다.

"석 달 전에 있었던 오배의 난을 기억하십니까? 이미 알고 있는 분도 계시겠지만, 소가주님께서 그 난을 진압하는데 큰 공을 세워 이번 일이 성사되게 된 것입니다. 멀리 앞을 내다볼 수 있는 혜안과 불가능을 가능으로 바꾸는 추진력이라면 후계자가 되는데 전혀 손색이 없다고 봅니다."

오독충은 잠시 사이를 두었다가 다시 말을 이었다.

"그럼 더 이상 시간낭비 하지 않게 바로 표결을 하도록 하겠습니다. 표결방법은 규정에 따라 기립표결을 하겠습니다. 그러면 가주님이 발의하신 후계자 건에 반대하시는 분은 기립해 주시기 바랍니다."

그 말에 관중민은 자신만만한 표정을 지으며 자리에서 일어났다. 허나 그것도 잠시 주위를 둘러보더니 얼굴이 잔뜩 일그러졌다. 그 모습에 오독충은 회심의 미소를 지었다.

"자리에 앉아주시기 바랍니다. 이어서 후계자 건에 찬성하시는 분은 기립해 주시기 바랍니다."

그러자 많은 사람들이 하나 둘씩 자리에서 일어났다. 한눈에 봐도 이미 승패는 결정 난 것이나 마찬가지였다.

"앉아주시기 바랍니다. 표결결과를 말씀드리겠습니다. 찬성 35명, 반대 13명, 기권 2명, 따라서 가주님이 발의하신 후계자 건은 가결되었음을 선포합니다."

그러고 나서 오독충은 단상에서 내려오며 말했다.

"그럼 다음으로 소가주님의 말씀이 있겠습니다."

그 말에 천남명은 조용한 발걸음으로 단상으로 향했다.

"안녕하십니까. 천남명이옵니다. 먼저 저를 믿고 지지해 주신 모든 분들께 진심으로 감사의 말씀을 드립니다. 아직도 배워야 할 점이 많은 데에도 불구하고 어려운 시기에 막중한 책무를 맡아 어깨가 무겁습니다. 기대에 어긋나지 않게 최선을 다하는 모습 보여드리겠습니다. 부디 아낌없는 격려와 조언 부탁드립니다. 감사합니다."

　그리고는 고개를 숙여 인사한 뒤 단상에서 내려왔다. 오독충은 앞으로 나가 천성대전 폐회를 선언했다.

　"그럼 이상으로 제25회 천성대전을 마치도록 하겠습니다. 감사합니다."

　천남명이 후계자가 돼서 한 첫 번째 일은 일승창의 대외진출이었다. 풍부한 자금과 능동적이고 공격적인 전략으로 이미 압도적인 우위를 점하고 있는 만큼 이제 밖으로 눈을 돌리는 건 어쩌면 당연한 일이었다. 더욱이 해상무역권까지 있는 마당에 이 절호의 기회를 놓칠 이유가 없었다. 이에 진출 가능 대상국가의 선정을 위한 경제사정 및 시장수요의 사전조사 등을 종합적으로 분석한 결과, 미리가(美理哥:미국)와 왜(倭:일본) 두 곳으로 결정되었다. 그로부터 열흘 뒤 현지 실태를 보다 정확히 파악하기 위하여 조사단을 파견하였다. 초기 투자비용 이외에 시간이나 거리상의 문제는 없는지 사전에 미리 대비하고 준비해야만 성공할 가능성이 높기 때문이다. 이후 그들로부터 보고서를 받아든 천남명은 개선 또는 보완해야 할 사항은 없는지 꼼꼼히 확인하고는 지점을 개설하기로 최종 확정하였다. 아직 제대로 된 환전업무가 이루어지지 않고 있다는 보고가 결정을 내리는데 큰 영향을 미쳤던 것이다. 그러고 나자 어디에 지점을 세우는가에 대한 논의로 이어졌다. 그 지역에서 가장 큰 상권을 형성하고 있는 곳에 위치해 있어야 사람들의 발걸음이 잦아질 것이기 때문이다. 긴 논의 끝에 결국 이 문제는 현지를 직접 답사한 현무각주인 고영호의 의견을 받아들이기로 하였다. 가장 적합한 장소이기도 하였지만 오대봉공의 영향력이 현저히 줄어든 지금, 소가주가 신임하고 있는 현무각주의 의견을 무시할 수 없었던 것도 하나의 이유이기도 하였다. 그렇게 중요한 문제들이 하나 둘씩 해결되자 사업추진에 가속도가 붙기 시작했다. 이어 총책임을 맡을 지점장으로 천의각의 부각주인 정원상이 낙점됐다. 진취적이면서 남을 이끄는 능력이 뛰어나다는 평을 듣고 있어 이만한 적임자는 없을 것이라 판단했기 때문이다. 그로부터 열흘 뒤 정원상은 반드시 성공해서 돌아오겠다는 말을 남긴 채 미리가로 향했다. 그렇게 많은 이들의 걱정과 우려 속에 삼 년이 지난 1672년, 샌프란시스코와 뉴욕은 물론 도쿄에까지 지점을 개설함으로써 천성 창립 이후 최고의 전성기를 맞이하게 되었다. 그리고 그해 구월 육일 천남명은 가주의 자리에 올랐다.